COMO SE HACE UNA NOVELA

Miguel de Unamuno

© 2023 Culturea Editions
Texte et illustration de couverture : © domaine public
Edition : Culturea (Hérault, 34)
Contact : infos@culturea.fr
Retrouvez notre catalogue sur http://culturea.fr
Imprimé en Allemagne par Books on Demand
Design typographique : Derek Murphy
Layout : Reedsy (https://reedsy.com/)
ISBN : 9791041945672
Dépôt légal : février 2023
Tous droits réservés pour tous pays

PRÓLOGO

Cuando escribo estas líneas, a finales del mes de mayo de 1927, cerca de mis sesenta y tres, y aquí, en Hendaya, en la frontera misma, en mi nativo país vasco, a la vista tantálica de Fuenterrabía, no puedo recordar sin un escalofrío de congoja aquellas infernales mañanas de mi soledad de París, en el invierno, del verano de 1925, cuando en mi cuartito de la pensión del número 2 de la rue Laperouse me consumía devorándome al escribir el relato que titulé: Cómo se hace una novela. No pienso volver a pasar por experiencia íntima más trágica. Revivíanme para torturarme con la sabrosa tortura —de «dolor sabroso» habló santa Teresa— de la producción desesperada, de la producción que busca salvarnos en la obra, todas las horas que me dieron «El sentimiento trágico de la vida». Sobre mí pesaba mi vida toda, que era y es mi muerte. Pesaban sobre mí no sólo mis sesenta años de vida individual física, sino más, mucho más que ellos; pesaban sobre mí siglos de una silenciosa tradición recogidos en el más recóndito rincón de mi alma; pesaban sobre mí inefables recuerdos inconscientes de ultra–cuna. Porque nuestra desesperada esperanza de una vida personal de ultra–tumba se alimenta y medra de esa vaga remembranza de nuestro arraigo en la eternidad de la historia.

¡Qué mañanas aquellas de mi soledad parisiense! Después de haber leído, según costumbre, un capítulo del Nuevo Testamento, el que me tocara en turno, me ponía a aguardar, y no sólo a aguardar sino a esperar, la correspondencia de mi casa y de mi patria y luego de recibida, después del desencanto, me ponía a devorar el bochorno de mi pobre España estupidizada bajo la más cobarde, la más soez y la más incivil tiranía.

1

Una vez escritas, bastante de prisa y fébrilmente, las cuartillas de Cómo se hace una novela se las leí a Ventura García Calderón, peruano, primero, y a Juan Cassou, francés —y tanto español como francés—, después, y se las di a éste para que las tradujera al francés y se publicasen en alguna revista francesa. No quería que apareciese primero el texto original español por varias razones y la primera que no podría ser en España donde los escritos estaban sometidos a la más denigrante censura castrense, a una censura algo peor que de analfabetos, de odiadores de la verdad y de la inteligencia. Y así fue, que una vez traducido por Cassou mi trabajo se publicó con el título de Comment on fait un roman y precedido de un Portrait d'Unamuno, del mismo Cassou, en el número del 15 de mayo de 1926 —n.o 670, 37e année, tome CLXXXVIII— de la vieja revista Mercure de France. Cuando apareció esta traducción me encontraba yo ya aquí, en Hendaya, a donde había llegado a fines de agosto de 1925 y donde me he quedado en vista del empeño que puso la tiranía pretoriana española en que el gobierno de la República Francesa me alejase de la frontera, a cuyo efecto llegó a visitarme de parte de monsieur Painlevé, presidente entonces del Gabinete francés, el prefecto de los Bajos Pirineos, que vino al propósito desde Pau, no consiguiendo, como era natural, convencerme de que debía alejarme de aquí. Y algún día contaré con detalles la repugnante farsa que armó en la frontera esta, frente a Vera, la abyecta policía española al servicio del pobre vesánico —epiléptico— general don Severiano Martínez Anido, hoy todavía ministro de la Gobernación y vice–presidente del Consejo de asistentes de la Tiranía Española, para fingir una intentona comunista —¡el coco!— y ejercer presión en el Gobierno francés para que me internase. Y aun ahora, cuando escribo esto, no han renunciado esos pobres diablos de la que se llama Dictadura a su tema de que se me saque de aquí.

Al salir yo de París Cassou estaba traduciendo mi trabajo y después que lo tradujo y envió al Mercure no le reclamé el original mío, mis primitivas cuartillas escritas a pluma —no empleo nunca la mecanografía—, que se quedó en su poder. Y ahora, cuando al fin me resuelvo a publicarlo en mi propia lengua, en la única en que sé desnudar mi pensamiento, no quiero recobrar el texto original. Ni sé con qué ojos volvería a ver aquellas agoreras cuartillas que llené en el cuartito de la soledad de mis soledades de París. Prefiero retraducir de la traducción francesa de Cassou y es lo que me propongo hacer ahora. Pero ¿es hacedero que un autor retraduzca una traducción que de alguno de sus escritos se haya hecho a otra lengua? Es una experiencia más que de resurrección de muerte, o acaso de re–mortificación. O mejor de rematanza.

Eso se llama en literatura producción es un consumo, o más preciso: una consunción. El que pone por escrito sus pensamientos, sus ensueños, sus sentimientos los va consumiendo, los va matando. En cuanto un pensamiento nuestro queda fijado por la escritura, expresado, cristalizado, queda ya muerto y no es más nuestro que será un día bajo tierra nuestro esqueleto. La historia, lo único vivo, es el presente eterno, el momento huidero que se queda pasando, que pasa quedándose, y la literatura no es más que muerte. Muerte de que otros pueden tomar vida. Porque el que lee una novela puede vivirla, revivirla —y quien dice una novela dice una historia—, y el que lee un poema, una criatura —poema es criatura y poesía creación— puede re–crearlo. Entre ellos el autor mismo. Y ¿es que siempre un autor al volver a leer una pasada obra suya, vuelve a encontrar la eternidad de aquel momento pasado que hace el presente eterno? ¿No te ha ocurrido nunca, lector, ponerte a meditar a la vista de un retrato tuyo, de ti mismo, de hace veinte o treinta años? El presente eterno es el misterio trágico, es la tragedia misteriosa, de nuestra vida histórica o espiritual. Y he aquí porque es trágica tortura la de querer rehacer lo ya hecho, que es deshecho. En lo que entra retraducirse a sí mismo. Y sin embargo...

Sí, necesito para vivir, para revivir, para asirme de ese pasado que es toda mi realidad venidera, necesito retraducirme. Y voy a retraducirme. Pero como al hacerlo he de vivir mi historia de hoy, mi historia desde el día en que entregué mis cuartillas a Juan Cassou, me va a ser imposible mantenerme fiel a aquel momento que pasó. El texto, pues, que dé aquí, disentirá en algo del que traducido al francés apareció en el número de 15 de mayo de 1926 del Mercure de France. Ni deben interesar a nadie las discrepancias. Como no sea a algún erudito futuro.

Como en el Mercure mi trabajo apareció precedido de una especie de prólogo de Cassou titulado Portrait d'Unamuno, voy a traducir éste y a comentarlo luego brevemente.

RETRATO DE UNAMUNO POR JEAN CASSOU

SAN Agustín se inquieta con una especie de frenética angustia al concebir lo que podía haber sido antes del despertar de su conciencia. Más tarde se asombra de la muerte de un amigo que había sido otro él mismo. No me parece que Miguel de Unamuno, que se detiene en todos los puntos de sus lecturas, haya citado jamás estos dos pasajes. Se re–encontaría en ellos sin embargo. Hay de san Agustín en él, y de Juan Jacobo, de todos los que absortos en la contemplación de su propio milagro, no pueden soportar el no ser eternos.

El orgullo de limitarse, de recoger a lo íntimo de la propia existencia la creación entera, está contradicho por estos dos insondables y revolvientes misterios: un nacimiento y una muerte que repartimos con otros seres vivientes y por lo que entramos en un destino común. Es este drama único el que ha explorado en todos sentidos y en todos los tonos la obra de Unamuno.

Sus ventajas y sus vicios, su soledad imperiosa, una avaricia necesaria y muy del terruño —de la tierra vasca— la envidia, hija de aquel Caín cuya sombra, según un poema de Machado, se extiende sobre la desolación del desierto castellano; cierta pasión que algunos llaman amor y que es para él una necesidad terrible de propagar esta carne de que se asegura que ha de resucitar en el último día —consuelo más cierto que el que nos trae la idea de la inmortalidad del espíritu—; en una palabra, todo un mundo absorbente y muy de él, con virtudes cardinales y pecados, que no son del todo los de la teología ortodoxa..., hay que penetrar en ello; es esta humanidad la que confiesa, la que no cesa de confesar, de clamar y proclamar, pensando así conferirla una existencia que no sufra la ley ordinaria, hacer de ella una creación de la que no sólo no se perdería nada sino que su agregación misma quedase permanente, sustancia y forma, organización divina, deificación, apoteosis.

Por estos perpetuos análisis y sublimación de sí, Miguel de Unamuno atestigua su eternidad: es eterno como toda cosa es en él eterna, como lo son los hijos de su espíritu, como aquel personaje de Niebla que viene a echarle en cara el grito terrible de: «¡Don Miguel, no quiero morir!», como Don Quijote más vivo que el pobre cadáver llamado Cervantes, como España, no la de los príncipes, sino la suya, la de don Miguel, que transporta consigo en sus destierros, que hace día a día, y de que hace en cada uno de sus escritos, la lengua y el pensar, y de la que puede en fin decir que es su hija y no su madre.

A Shakespeare, a Pascal, a Nietzsche, a todos los que han intentado retener a su trágica aventura personal un poco de esta humanidad que se escurre tan vertiginosamente, viene a añadir Miguel de Unamuno su experiencia y su esfuerzo. Su obra no palidece al lado de esos nobles nombres: significa la misma avidez desesperada.

No puede admitir la suerte de Polonio y que Hamlet arrastrando su andrajo por los sobacos lo eche fuera de la escena: «¡Vamos, venga, señor!». Protesta. Su protesta sube hasta Dios, no a esa quimera fabricada a golpes de abstracciones alejandrinas por metafísicos ebrios de logomaquía, sino al Dios español, al Cristo de ojos de vidrio, de pelo natural, de cuerpo articulado, hecho de tierra y de palo, sangriento, vestido, en que una faldilla bordada en oro disimula las vergüenzas, que ha vivido entre las cosas familiares y que, como dijo santa Teresa, se le encuentra hasta en el puchero.

Tal es la agonía de don Miguel de Unamuno, hombre en lucha, en lucha consigo mismo, con su pueblo y contra su pueblo, hombre hostil, hombre de guerra civil, tribuno sin partidarios, hombre solitario, desterrado, salvaje, orador en el desierto, provocador, vano, engañoso, paradójico, inconciliable, irreconciliable, enemigo de la nada y a quien la nada atrae y devora, desgarrado entre la vida y la muerte, muerto y resucitado a la vez, invencible y siempre vencido.

No le gustaría el que en un estudio consagrado a él se hiciera el esfuerzo de analizar sus ideas. De los dos capítulos de que se compone habitualmente este género de ensayos —el Hombre y sus ideas— no logra concebir más que el primero. La ideocracia es la más terrible de las dictaduras que ha tratado de derribar. Vale más en un estudio del hombre conceder un capítulo a sus palabras que no a sus ideas. «Los sentidos —ha dicho Pascal antes que Buffon — reciben de las palabras su dignidad en vez de dárselas» . Unamuno no tiene ideas: es él mismo, las ideas que los otros se hacen en él, al azar de los encuentros, al azar de sus paseos por Salamanca donde encuentra a Cervantes y a fray Luis de León, al azar de esos viajes espirituales que le llevan a Port Royal, a Atenas o a Copenhague, patria de Sören Kjerkegaard, al azar de ese viaje real que le trajo a París donde se mezcló, inocentemente y sin asombrarse ni un momento, a nuestro carnaval.

Esta ausencia de ideas, pero este perpetuo monólogo en que todas las ideas del mundo se mejen para hacerse problema personal, pasión viva, hirviente, patético egoísmo, no ha dejado de sorprender a los franceses, grandes amigos de conversaciones o cambios de ideas, prudente dialéctica, tras de la cual se conviene en que la inquietud individual se vele cortésmente hasta olvidarse y perderse; grandes amigos también de interviús y de encuestas en que el espíritu cede a las sugestiones de un periodista que conoce bien a su público y sabe los problemas generales y muy de actualidad a que es absolutamente preciso dar una respuesta, los puntos sobre que es oportuno hacer nacer escándalo y aquellos al contrario que exigen una solución apaciguadora. Pero ¿qué tiene

que hacer aquí el soliloquio de un viejo español que no quiere morirse?

Prodúcese en la marcha de nuestra especie una perpetua y entristecedora degradación de energía: toda generación se desenvuelve con una pérdida más o menos constante del sentido humano, de lo absoluto humano. Tan sólo se asombran de ello algunos individuos que en su avidez terrible no quieren perder nada sino, lo que es más aún, ganarlo todo. Es la cuita de Pascal que no puede comprender que se deje uno distraer de ello. Es la cuita de los grandes españoles para quienes las ideas y todo lo que puede constituir una economía provisora —moral o política— no tiene interés alguno. No tienen economía más que de lo individual y por lo tanto, de lo eterno. Y así, para Unamuno hacer política es, todavía, salvarse. Es defender su persona, afirmarla, hacerla entrar para siempre en la historia. No es asegurar el triunfo de una doctrina, de un partido, acrecentar el territorio nacional o derribar un orden social. Así es que Unamuno si hace política no puede entenderse con ningún político. Los decepciona a todos y sus polémicas se pierden en la confusión, porque es consigo mismo con quien polemiza. El Rey, el Dictador; de buena gana haría de ellos personajes de su escena interior. Como lo ha hecho con el Hombre Kant o con Don Quijote.

Así es que Unamuno se encuentra en una continua mala inteligencia con sus contemporáneos. Político para quien las fórmulas de interés general no representan nada, novelista y dramaturgo a quien hace sonreír todo lo que se puede contar sobre la observación de la realidad y el juego de las pasiones, poeta que no concibe ningún ideal de belleza soberana, Unamuno, feroz y sin generosidad, ignora todos los sistemas, todos los principios, todo lo que es exterior y objetivo. Su pensamiento, como el de Nietzsche, es imponente para expresarse en forma discursiva. Sin llegar hasta a recogerse en aforismos y forjarse a martillazos es, como la del poeta filósofo, ocasional y sujeta a las acciones más diversas. Sólo el suceso personal lo determina, necesita de un excitante y de una resistencia; es un pensamiento esencialmente exegético. Unamuno, que no tiene una doctrina propia, no ha escrito más que libros de comentarios; comentarios al Quijote, comentarios al Cristo de Velázquez, comentarios a los discursos de Primo de Rivera. Sobre todo comentarios a todas esas cosas en cuanto afectan a la integridad de don Miguel de Unamuno, a su conservación, a su vida terrestre y futura.

Del mismo modo, Unamuno poeta es por completo poeta de circunstancia —aunque, claro está que en el sentido más amplio de la palabra—. Canta siempre algo. La poesía no es para él ese ideal de sí misma tal como podía alimentarlo un Góngora. Pero, tempestuoso y altanero como un proscrito del Risorgimento, Unamuno siente a las veces la necesidad de clamar, bajo forma lírica, sus recuerdos de niñez, su fe, sus esperanzas, los dolores de su destierro. El arte de los versos no es para él una ocasión de abandonarse. Es más bien por el contrario, una ocasión, más alta sólo y como más necesaria, de reducirse y de recogerse. En las vastas perspectivas de esta poesía oratoria, dura, robusta y romántica, sigue siendo el mismo más poderosamente todavía y como gozoso de ese triunfo más difícil que ejerce sobre la materia verbal y sobre el tiempo.

Nos hemos propuesto el arte como un canon que imitar, una norma que alcanzar o un problema que resolver. Y si nos hemos fijado un postulado no nos agrada que se aparte alguien de él. ¿Admitiremos las obras que escribe este hombre, tan erizadas de desorden al mismo tiempo que ilimitadas y monstruosas que no se las puede encasillar en ningún género y en las que nos detienen a cada momento intervenciones personales, y con una truculenta y familiar insolencia, el curso de la ficción–filosófica o estética —en que estábamos a punto de ponernos de acuerdo—?

Cuéntase de Luis Pirandello, a cuyo idealismo irónico se le han reprochado a menudo ciertos juegos unamunianos, que ha guardado largo tiempo consigo, en su vida cotidiana, a su madre loca. Una aventura parecida le ha ocurrido a Unamuno que ha vivido su existencia toda en compañía de un loco, y el más divino de todos: Nuestro Señor Don Quijote. De aquí que Unamuno no pueda sufrir ninguna servidumbre. Las ha rechazado todas. Si este prodigioso humanista, que ha dado la vuelta a todas las cosas conocibles, ha tomado en horror dos ciencias particulares: la pedagogía y la sociología, es, sin duda alguna, a causa de su pretensión de someter la formación del individuo y lo que de más profundo y de menos reductible lleva ello consigo, a una construcción a priori. Si se quiere seguir a Unamuno hay que ir eliminando poco a poco de nuestro pensamiento todo lo que no sea su integridad radical, y prepararnos a esos caprichos súbitos, a esas escapadas de lenguaje por las que esa integridad tiene que asegurarse en todo momento de su flexibilidad y de su buen funcionamiento. A nosotros nos parece que no aceptar las reglas es arriesgarnos a caer en el rídiculo. Y precisamente Don Quijote ignora este peligro. Y Unamuno quiere ignorarlo. Los conoce todos, salvo ese. Antes que someterse a la menor servidumbre prefiere verse reducido a esa sima resonante de carcajadas.

Habiendo apartado de Unamuno todo lo que no es él mismo, pongámonos en el centro de su resistencia: el hombre aparece, formado, dibujado, en su realidad física. Marcha derecho, llevando, a donde quiera que vaya, o donde quiera que se pasee, en aquella hermosa plaza barroca de Salamanca,

o en las calles de París, o en los caminos del país vasco, su inagotable monólogo, siempre el mismo, a pesar de la riqueza de las variantes. Esbelto, vestido con el que llama su uniforme civil, firme la cabeza sobre los hombros que no han podido sufrir jamás, ni aun en tiempo de nieve, un sobretodo, marcha siempre hacia delante, indiferente a la calidad de sus oyentes, a la manera de su maestro que discurría ante los pastores como ante los duques, y prosigue el trágico juego verbal del que, por otra parte, no se deja sorprender. Y ¿no atribuye también la mayor importancia trascendental a ese arte de las pajaritas de papel que es su triunfo? ¿Todo ese conceptismo lo expresarán, lo prolongarán más esos jugueteos filológicos? Con Unamuno tocamos al fondo del nihilismo español. Comprendemos que este mundo depende hasta tal punto del sueño que ni merece ser soñado en una forma sistemática. Y si los filósofos se han arriesgado a ello es sin duda por un exceso de candor. Es que han sido presos en su propio lazo. No han visto la parte de sí mismos, la parte de ensueño personal que ponían en su esfuerzo. Unamuno, más lúcido, se siente obligado a detenerse a cada momento para contradecirse y negarse.

Porque se muere.

Pero ¿para qué las coyunturas del mundo habrían de haber producido este accidente: Miguel de Unamuno, si no es para que dure y se eternice? Y balanceado entre el polo de la nada y el de la permanencia, sigue sufriendo ese combate de su existencia cotidiana donde el menor suceso reviste la importancia más trágica; no hay ninguno de sus gestos que pueda someterse a ese ordenamiento objetivo y convenido por que reglamos los nuestros. Los suyos están bajo la dependencia de un más alto deber; refiérelos a su cuita de permanecer.

Y así nada de inútil, nada de perdido en las horas en medio de las cuales se revuelve, y los instantes más ordinarios, en que nos abandonamos al curso del mundo él sabe que los emplea en ser él mismo. Jamás le abandona su congoja, ni aquel orgullo que comunica esplendor a todo cuanto toca, ni esa codicia que le impide escurrirse y anonadarse sin conocimiento de ello. Está siempre despierto y si duerme es para recogerse mejor ante el sueño de la vela y gozar de él. Acosado por todos lados por amenazas y embates que sabe ver con una claridad bien amarga, su gesto continuo es el de atraer a sí todos los conflictos, todos los cuidados, todos los recursos. Pero reducido a ese punto extremo de la soledad y del egoísmo, es el más rico y el más humano de los hombres. Pues no cabe negar que haya reducido todos los problemas al más sencillo y el más natural y nada nos impide mirarnos en él como en un hombre ejemplar: encontraremos la más viva de las emociones. Desprendámonos de lo social, de lo temporal, de los dogmas y de las costumbres de nuestro hormiguero. Va a desaparecer un hombre: todo está ahí. Si rehúsa, minuto a minuto, esa partida, acaso va a salvarnos. A fin de cuentas es a nosotros a quienes defiende defendiéndose.

JEAN CASSOU

COMENTARIO

¡AY, querido Cassou!, con este retrato me tira usted de la lengua y el lector comprenderá que si lo incluyo aquí, traduciéndolo, es para comentarlo. Ya el mismo Cassou dice que no he escrito sino comentarios y aunque no entienda muy bien esto ni acierte a comprender en qué se diferencian de los comentarios los que no lo son, me aquieto pensando que acaso la Ilíada no es más que un comentario a un episodio de la guerra de Troya y la Divina Comedia un comentario a las doctrinas escatológicas de la teología católica medieval y a la vez a la revuelta historia florentina del siglo XIII y a las luchas del Pontificado y el Imperio. Bien es verdad que el Dante no pasó de ser, según los de la poesía pura —he leído hace poco los comentarios estéticos del abate Bremond—, un poeta de circunstancias. Como los Evangelios y las epístolas paulinianas no son más que escritos de circunstancias.

Y ahora repasando el «Retrato» de Cassou y mirándome, no sin asombro, en él como en un espejo pero en un espejo tal que vemos más el espejo mismo que lo en él espejado, empiezo por detenerme en eso de que deteniéndome en todos los puntos de mis lecturas no me haya detenido nunca en los dos pasajes que de san Agustín cita mi retratista. Hace ya muchos años, cerca de cuarenta, que leí las Confesiones del africano y, cosa rara, no las he vuelto a leer, y no recuerdo qué efecto me produjeron entonces, en mi mocedad, esos dos pasajes. ¡Eran tan otros los cuidados que me atosigaban entonces cuando mi mayor cuita era la de poder casarme cuanto antes con la que es hoy y será siempre la madre de mis hijos y por ende mi madre! Sí, gusto detenerme —aunque habría que decir algo más íntimo y vital y menos estético que gustar—, gusto detenerme no sólo en todos los puntos de mis lecturas sino en todos los momentos que pasan, en todos los momentos por que paso. Se habla por hablar del libro de la vida y para los más de los que emplean esta frase tan preñada de sentido como casi todas las que llegan a la preeminencia de lugares comunes, eso del libro de la vida, como lo del libro de la naturaleza, no quiere decir nada. Es que los pobrecitos no han comprendido, si es que lo conocen, aquel pasaje del Apocalipsis, del Libro de la Revelación, en que el Espíritu le manda al apóstol que se coma un libro. Cuando un libro es cosa viva hay que comérselo y el que se lo come, si a su vez es viviente, si está de veras vivo, revive con esa comida. Pero para los escritores —y lo triste es que ya apenas leen sino los mismos que escriben—, para los escritores un libro no es más que un escrito, no es una cosa sagrada, viviente, revividora, eternizadora, como lo son la Biblia, el Corán, los discursos de Buda, y nuestro Libro, el de España, el Quijote. Y sólo pueden sentir lo apocalíptico, lo revelador de comerse un libro los que sienten cómo el Verbo se hizo carne a la vez que se hizo letra y comemos, en pan de vida eterna, eucarísticamente, esa carne y esa letra. Y la letra que comemos, que es carne, es también palabra, sin que ello quiera decir que es idea, esto es: esqueleto. De esqueletos no se vive; nadie se alimenta con esqueletos. Y he aquí porque suelo detenerme al azar de mis lecturas de toda clase de libros, y entre ellos del libro de la vida, de la historia que vivo, y del libro de la naturaleza, en todos los puntos vitales.

Cuenta el cuarto Evangelio (Juan VIII, 6–9) y para esto nos salen ahora diciendo los ideólogos que el pasaje es apócrito, que cuando los escribas y fariseos le presentaron a Jesús la mujer adúltera, él, doblegándose a tierra escribió en el polvo de ésta, sin caña ni tinta, con el dedo desnudo, y mientras le interrogaban volvió a doblegarse y a escribir después de haberles dicho que el que se sintiese sin culpa arrojase el primero una piedra a la pecadora y ellos, los acusadores, se fueron en silencio. ¿Qué leyeron en el polvo sobre que escribió el Maestro? ¿Leyeron algo? ¿Se detuvieron en aquella lectura? Yo, por mi parte, me voy por los caminos del campo y de la ciudad, de la naturaleza y de la historia, tratando de leer, para comentarlo, lo que el invisible dedo desnudo de Dios ha escrito en el polvo que se lleva el viento de las revoluciones naturales y el de las históricas. Y Dios al escribirlo se doblega a tierra. Y lo que Dios ha escrito es nuestro propio milagro, el milagro de cada uno de nosotros, san Agustín, Juan Jacobo, Juan Cassou, tú, lector, o yo que escribo ahora con pluma y tinta este comentario, el milagro de nuestra conciencia de la soledad y de la eternidad humanas.

¡La soledad! La soledad es el meollo de nuestra esencia y con eso de congregarnos, de arrebañarnos, no hacemos sino ahondarla. Y ¿de dónde sino de la soledad, de nuestra soledad radical, ha nacido esa envidia, la de Caín, cuya sombra se extiende —bien lo decía mi Antonio Machado— sobre la solitaria desolación del alto páramo castellano? Esa envidia, cuyo poso ha remejido la actual Tiranía española, que no es sino el fruto de la envidia cainita, principalmente de la conventual y de la cuartelera, de la frailuna y de la castrense, esa envidia que nace de los rebaños sometidos a ordenanza, esa envidia inquisitorial ha hecho la tragedia de la historia de nuestra España. El español se odia a sí mismo.

Ah, sí, hay una humanidad por dentro de esa otra triste humanidad arrebañada, hay una humanidad que confieso y por la que clamo. ¡Y con qué acierto verbal ha escrito Cassou que hay que darle una «organización divina»! ¿Organización divina? Lo que hay que hacer es organizar a Dios.

Es cierto; el Augusto Pérez de mi Niebla me pedía que no le dejase morir, pero es que a la vez que yo le oía eso —y se lo oía cuando lo estaba, a su dictado, escribiendo— oía también a los futuros lectores de mi relato, de mi libro, que mientras lo comían, acaso devorándolo, me pedían que no les dejase morir. Y todos los hombres en nuestro trato mutuo, en nuestro comercio espiritual humano, buscamos no morirnos; yo no morirme en ti, lector que me lees, y tú no morirte en mí que escribo para ti esto. Y el pobre Cervantes, que es algo más que un pobre cadáver, cuando al dictado de Don Quijote escribió el relato de la vida de éste buscaba no morir. Y a propósito de Cervantes no quiero dejar pasar la coyuntura de decir que cuando nos dice que sacó la historia del Caballero de un libro arábico de Cide Hamete Benengeli quiere decirnos que no fue mera ficción de su fantasía. La ocurrencia de Cide Hamete Benengeli encierra una profunda lección que espero desarrollar algún día. Porque ahora debo pasar, al azar del comentario, a otra cosa.

A cuando Cassou comenta aquello que yo he dicho y escrito, y más de una vez de mi España, que es tanto mi hija como mi madre. Pero mi hija por ser mi madre, y mi madre por ser mi hija. O sea mi mujer. Porque la madre de nuestros hijos es nuestra madre y es nuestra hija. ¡Madre e hija! Del seno desgarrado de nuestra madre salimos sin conciencia, a ver a la luz del sol el cielo y la tierra, la azulez y la verdura, ¡y qué mayor consuelo que el poder, en nuestro último momento, reclinar la cabeza en el regazo conmovido de una hija y morir, con los ojos abiertos, bebiendo con ellos, como viático, la verdura eterna de la patria!

Dice Cassou que mi obra no palidece. Gracias. Y es porque es la misma siempre. Y porque la hago de tal modo que pueda ser otra para el lector que la lea comiéndola. ¿Qué me importa que no leas, lector, lo que yo quise poner en ella si es que lees lo que te enciende en vida? Me parece necio que un autor se distraiga en explicar lo que quiso decir, pues lo que nos importa no es lo que quiso decir sino lo que dijo, o mejor lo que oímos. Así Cassou me llama además de salvaje —y si esto quiere decir hombre de la selva, me conformo— paradójico e irreconciliable. Lo de paradójico me lo han dicho muchas veces y de tal modo que he acabado por no saber qué es lo que entienden por paradoja los que me lo han dicho. Aunque paradoja es como pesimismo una de las palabras que han llegado a perder todo sentido en nuestra España de la conformidad rebañega. ¿Irreconciliable yo? ¡Así se hacen las leyendas! Mas dejemos ahora esto.

Luego me dice Cassou muerto y resucitado a la vez —mort et ressucité ensemble—. Al leer esto de resucitado sentí un escalofrío de congoja. Porque se me hizo presente lo que se nos cuenta en el cuarto Evangelio (Juan XII, 10) de que los sacerdotes tramaban matar a Lázaro resucitado porque muchos de los judíos se iban por él a Jesús y creían. Cosa terrible ser resucitado y más entre los que teniendo nombre de vivos están muertos según el Libro de la Revelación (Ap. III, 1–2). Esos pobres muertos ambulantes y parlantes y gesticulantes y accionantes que se acuestan sobre el polvo en que escribió el dedo desnudo de Dios y no leen nada en él y como nada leen no sueñan. Ni leen nada tampoco en la verdura del campo. Porque ¿no te has detenido nunca, lector, en aquel abismático momento poético del mismo cuarto Evangelio (Juan VI, 10) donde se nos cuenta cuando seguía una gran muchedumbre a Jesús más allá del lago de Tiberíades, de Galilea, y había que buscar pan para todos y apenas si tenían dinero y Jesús dijo a sus apóstoles: «¡haced que los hombres se sienten!»? Y añade el texto del Libro: «pues había mucha yerba en el lugar». Mucha yerba verde, mucha verdura del campo, allí donde la muchedumbre hambrienta de la palabra del Verbo, del Maestro, había de sentarse para oírle, para comer su palabra. ¡Mucha yerba! No se sentaron sobre el polvo que arremolina el viento sino sobre la verde yerba que mece la brisa. ¡Había mucha yerba!

11

Dice luego Cassou que yo no tengo ideas, pero lo que creo que quiere decir es que las ideas no me tienen a mí. Y hace unos comentarios sugeridos seguramente por cierta conversación que tuve con un periodista francés y que se publicó en Les Nouvelles Litteraires. ¡Y cómo me ha pesado despúes el haber cedido a la invitación de aquella entrevista! Porque, en efecto, ¿qué es lo que podía yo decir a un reportero que conoce a su público y sabe los problemas generales y de actualidad —que son, por ser los menos individuales, a la vez los menos universales y son los de menos eternidad— a que hay que dar una respuesta, los puntos en que es oportuno hacer nacer escándalo y aquellos que exigen una solución apaciguadora? ¡Escándalo! Pero ¿qué escándalo? No aquel escándalo evangélico, aquel de que nos habla el Cristo diciendo que es menester, que le hay, mas ¡ay de aquel por quien viniere! No el escándalo satánico o el luzbelino, que es un escándalo arcangélico e infernal, sino el miserable escándalo de las cominerías de los cotarros literarios, de esos mezquinos y menguados cotarros de los hombres de letras que ni saben comerse un libro —no pasan de leerlo— ni saben amasar con su sangre y su carne un libro que se coma, sino escribirlo con tinta y pluma. Tiene razón Cassou, ¿qué tiene que hacer en esas interviús un hombre, español o no, que no quiere morirse y que sabe que el soliloquio es el modo de conversar de las almas que sienten la soledad divina? ¿Y qué le importa a nadie lo que Pedro juzga de Pablo o la estimación que de Juan hace Andrés?

No, no me importan los problemas que llaman de actualidad y que no lo son. Porque la verdadera actualidad, la siempre actual, es la del presente eterno. Muchas veces en estos días trágicos para mi pobre patria oigo preguntar: «¿Y qué haremos mañana?». No, sino qué vamos a hacer ahora. O mejor que voy a hacer yo ahora, qué va a hacer ahora cada uno de nosotros. Lo presente y lo individual; el ahora y el aquí. En el caso concreto de la actual situación política —o mejor que política apolítica, esto es, incivil— de mi patria cuando oigo hablar de política futura y de reforma de la Constitución contesto que, lo primero es desembarazarnos de la presente miseria, lo primero acabar con la tiranía y enjuiciarla para ajusticiarla. Y lo demás que espere. Cuando el Cristo iba a resucitar a la hija de Jairo se encontró con la hemorroidesa y detúvose con ella, pues era lo del momento; la otra, la muerta, que esperase.

Dice Cassou, generalizándolo por mí, que para los grandes españoles todo lo que puede constituir una economía provisoria —moral o política— no tiene interés alguno, que no tienen economía más que de lo individual y por lo tanto de lo eterno, que para mí el hacer política es salvarse, defender mi persona, afirmarla, hacerla entrar para siempre en la historia. Y respondo: primero, que lo provisorio es lo eterno, que el aquí es el centro del espacio infinito, el foco de la infinitud, y el ahora el centro del tiempo, el foco de la eternidad; luego, que lo individual es lo universal —en lógica los juicios individuales se asimilan a los universales— y por lo tanto lo eterno, y por último que no hay otra política que la de salvar en la historia a los individuos. Ni el asegurar el triunfo de una doctrina, de un partido, acrecentar el territorio nacional o derribar un orden social vale nada como no sea para salvar las almas de los hombres individuales. Y respondo también que puedo entenderme con políticos —y me he entendido más de una vez con algunos de ellos—, que puedo entenderme con todos los políticos que sienten el valor infinito y eterno de la individualidad. Y aunque se llamen socialistas y precisamente acaso por llamarse así. Y sí, hay que entrar para siempre —à jamais— en la historia. ¡Para siempre! El verdadero padre de la historia histórica, de la historia política, el profundo Tucídides —verdadero maestro de Maquiavelo— decía que escribía la historia «para siempre» εις αιει. Y escribir historia para siempre es una de las maneras, acaso la más eficaz, de entrar para siempre en la historia, de hacer historia para siempre. Y si la historia humana es, como lo he dicho y repetido, el pensamiento de Dios en la tierra de los hombres, hacer historia, y para siempre, es hacer pensar a Dios, es organizar a Dios, es amasar la eternidad. Y por algo decía otro de los más grandes discípulos y continuadores de Tucídides, Leopoldo de Ranke, que cada generación humana está en contacto inmediato con Dios. Y es que el Reino de Dios, cuyo advenimiento piden a diario los corazones sencillos —«¡venga a nos el tu reino!»—, ese reino que está dentro de nosotros, nos está viniendo momento a momento, y ese reino es la eterna venida de él. Y toda la historia es un comentario del pensamiento de Dios.

¿Comentario? Cassou dice que no he escrito más que comentarios. ¿Y los demás qué han escrito? En el sentido restringido y académico en que Cassou parece querer emplear ese vocablo no sé que mis novelas y mis dramas sean comentarios. Mi Paz en la guerra, pongo por caso, ¿en qué es comentario? Ah, sí, comentario a la historia política de la guerra civil carlista de 1873 a 1876. Pero es que hacer comentarios es hacer historia. Como escribir contando cómo se hace una novela es hacerla. ¿Es más que una novela la vida de cada uno de nosotros? ¿Hay novela más novelesca que una auto–biografía?

Quiero pasar de ligero lo que Cassou me dice de ser yo poeta de circunstancia —Dios lo es también— y lo que comenta de mi poesía «oratoria, dura, robusta y romántica». He leído hace poco lo que se ha escrito de la poesía pura —pura como el agua destilada, que es impotable, y destilada en alquitara de laboratorio y no en las nubes que se ciernen al sol y al aire libres— y en cuanto a romanticismo he concluido por poner este término al lado de los de paradoja y pesimismo, es decir, que no sé ya lo que quiera decir, como no lo saben tampoco los que de él abusan.

A renglón seguido Cassou se pregunta si admitirán mis obras erizadas de desorden, ilimitadas y monstruosas, y a las que no se les pueden encasillar en 13 ningún género —«encasillar» classer, y «género», ¡aquí está el toque!—, y habla de cuando el lector está a punto de ponerse de acuerdo— nous mettre d'accord— con el curso de la ficción que le presento. Pero ¿y para qué tiene el lector que ponerse de acuerdo con lo que el escritor le dice? Por mi parte cuando me pongo a leer a otro no es para ponerme de acuerdo con él. Ni le pido semejante cosa. Cuando alguno de esos lectores impenetrables, de esos que no saben comerse libros ni salirse de sí mismos, me dicen después de haber leído algo mío: «¡No estoy conforme! ¡No estoy conforme!», le replico, cebando cuanto puedo mi compasión: «Y qué nos importa, señor mío, ni a usted ni a mí el que no estemos conforme». Es decir, por lo que a mí hace ni estoy siempre conforme conmigo mismo y suelo estarlo con los que no se conforman conmigo. Lo propio de una individualidad viva, siempre presente, siempre cambiante y siempre la misma, que aspira a vivir siempre —y esa aspiración es su esencia—, lo propio de una individualidad que lo es, que es y existe, consiste en alimentarse de las demás individualidades y darse a ellas en alimento. En esa consistencia se sostiene su existencia y resistir a ello es desistir de la vida eterna. Y ya ven Cassou y el lector a que juegos dialécticos tan conceptistas —tan españoles— me lleva el proceso etimológico de ex–sistir, con–sistir, re–sistir y de de–sistir. Y aún falta in–sistir, que dicen algunos que es mi característica: la insistencia. Con todo lo cual creo a–sistir a mis prójimos, a mis hermanos, a mis co–hombres, a que se encuentren a sí mismos y entren para siempre en la historia y se hagan su propia novela. ¡Estar conformes! ¡Bah!, hay animales herbívoros y hay plantas carnívoras. Cada uno se sostiene de sus contrarios.

Cuando Cassou menciona el rasgo más íntimo, más entrañado, más humano de la novela dramática que es la vida de Pirandello, el que haya tenido, consigo, en su vida cotidiana, a su madre loca —¡y qué!, ¿iba a echarla a un manicomio?— me sentí estremecido, porque ¿no guardo yo, y bien apretada a mi pecho, en mi vida cotidiana, a mi pobre madre España loca también? No a Don Quijote solo, no, sino a España, a España loca como Don Quijote; loca de dolor, loca de vergüenza, loca de desesperanza, y, ¿quién sabe?, loca acaso de remordimiento. Esa cruzada en que el rey Alfonso XIII, representante de la extranjería espiritual hamburgiana, la ha metido ¿es más que una locura? Y no una locura quijotesca.

En cuanto a Don Quijote, ¡he dicho ya tanto...! ¡Me ha hecho decir tanto...! Un loco, sí, aunque no el más divino de todos. El más divino de los locos fue y sigue siendo Jesús, el Cristo. Pues cuenta el segundo Evangelio, el según Marcos (III, 21), que los suyos —hoi par'autou—, los de su casa y familia, su madre y sus hermanos —como dice luego el versillo 31— fueron a recogerle diciendo que estaba fuera de sí —hoti exeste—, enajenado, loco. Y es curioso que el término griego con el que se expresa que uno está loco sea el de estar fuera de sí, análogo al latino ex–sistere, existir. Y es que la existencia es una locura y el que existe, el que está fuera de sí, el que se da, el que trasciende, está loco. Ni es otra la santa locura de la cruz. Contra lo cual la cordura, que no es sino tontería, de estarse en sí, de reservarse, de recogerse. Cordura de que estaban llenos aquellos fariseos que reprochaban a Jesús y sus discípulos el que arrancaran espigas de trigo para comérselas, después de trilladas por restrego de las manos, en sábado, y que curara Jesús a un manco en sábado, y de quienes dice el tercer Evangelio (Lc. VI, 11) que estaban llenos de demencia o de necedad —anoias— y no de locura. Necios o dementes los fariseos litúrgicos y observantes, y no locos. Aunque fariseo empezó siendo aquel Pablo de Tarso, el descubridor místico de Jesús, a quien el pretor Festo le dijo dando una gran voz (Ac. XXVI, 24): «Estás loco, Pablo; las muchas letras te han llevado a la locura». Si bien no empleó el término evangélico de la familia del Cristo, el de que estaba fuera de sí, sino que desbarraba —mainei—, que había caído en manía. Y emplea este mismo vocablo que ha llegado hasta nosotros. San Pablo era para el pretor Festo un maniático; las muchas letras, las muchas lecturas, le habían vuelto el seso, secándoselo o no, como a Don Quijote las de los libros de caballerías.

Y ¿por qué han de ser lecturas las que le vuelvan a uno loco como le volvieron a Pablo de Tarso y a Don Quijote de la Mancha? ¿Por qué ha de volverse uno loco comiendo libros? ¡Hay tantos modos de enloquecer! Y otros tantos de entontecerse. Aunque el más corriente modo de entontecimiento proviene de leer libros sin comérselos, de tragar letra sin asimilársela haciéndola espíritu. Los tontos se mantienen —se mantienen en su tontería— con huesos y no con carne de doctrina. Y los tontos son los que dicen: «¡De mí no se ríe nadie!», que es también lo que suele decir el general M. Anido, verdugo mayor de España, a quien no le importa que se le odie con tal de que se le tema. «¡De mí no se ríe nadie!», y Dios se está riendo de él. Y de las tonterías que propala a cuenta del bolcheviquismo.

Quisiera no decir nada de los últimos retoques del retrato que me ha hecho Cassou, pero no puedo resistir a cuatro palabras sobre lo del fondo del nihilismo español. Que no me gusta la palabra. Nihilismo nos suena, o mejor nos sabe a ruso, aunque un ruso diría que el suyo fue nichevismo; nihilismo se le llamó al ruso. Pero nihil es palabra latina. El nuestro, el español, estaría mejor llamado nadismo, de nuestro abismático vocablo: nada. Nada, que significando primero cosa nada o nacida, algo, esto es: todo, ha venido a significar, como el francés rien, de rem = cosa —y como personne—, la no cosa, la nonada, la nada. De la plenitud del ser se ha pasado a su vaciamiento.

La vida, que es todo, y que por serlo todo se reduce a nada, es sueño, o acaso sombra de un sueño, y tal vez tiene razón Cassou cuando dice que no merece ser soñada bajo una forma sistemática. ¡Sin duda! El sistema —que es la 15 consistencia— destruye la esencia del sueño y con ello la esencia de la vida. Y, en efecto, los filósofos no han visto la parte que de sí mismos, del ensueño que ellos son, han puesto en su esfuerzo por sistematizar la vida y el mundo y la exitencia. No hay más profunda filosofía que la contemplación de como se filosofa. La historia de la filosofía es la filosofía perenne.

Tengo, por fin, que agradecer a mi Cassou —¿no le he hecho yo, el retratado, el autor del retrato?— que reconozca que a fin de cuentas defendiéndome defiendo a mis lectores y sobre todo a mis lectores que se defienden de mí. Y así cuando les cuento cómo se hace una novela, o sea cómo estoy haciendo la novela de mi vida, mi historia, les llevo a que se vayan haciendo su propia novela, la novela que es la vida de cada uno de ellos. Y desgraciados si no tienen novela. Si tu vida, lector, no es una novela, una ficción divina, un ensueño de eternidad, entonces deja estas páginas, no me sigas leyendo. No me sigas leyendo porque te me indigestaré y tendrás que vomitarme sin provecho ni para mí ni para ti.

Y ahora paso a retraducir mi relato de cómo se hace una novela. Y como no me es posible reponerlo sin repensarlo, es decir, sin revivirlo, he de verme empujado a comentarlo. Y como quisiera respetar lo más que me sea hacedero al que fui, al de aquel invierno de 1924 a 1925, en París, cuando le añada un comentario lo pondré encorchetado, entre corchetes, así:

Con esto de los comentarios encorchetados y con los tres relatos enchufados, unos en otros que constituyen el escrito va a parecerle éste a algún lector algo así como esas cajitas de laca japonesas que encierran otra cajita y ésta otra y luego otra más, cada una cincelada y ordenada como mejor el artista pudo, y al último una final cajita... vacía. Pero así es el mundo, y la vida. Comentarios de comentarios y otra vez más comentarios. ¿Y la novela? Si por novela entiendes, lector, el argumento, no hay novela. O lo que es lo mismo, no hay argumento. Dentro de la carne está el hueso y dentro del hueso el tuétano, pero la novela humana no tiene tuétano, carece de argumento. Todo son las cajitas, los ensueños. Y lo verdaderamente novelesco es cómo se hace una novela.

CÓMO SE HACE UNA NOVELA

HÉTEME aquí ante estas blancas páginas —¡blancas como el negro porvenir: terrible blancura!— buscando retener el tiempo que pasa, fijar el huidero hoy, eternizarme o inmortalizarme en fin, bien que eternidad e inmortalidad, no sean una sola y misma cosa. Héteme aquí ante estas páginas blancas, mi porvenir, tratando de derramar mi vida a fin de continuar viviendo, de darme 16 la vida, de arrancarme a la muerte de cada instante. Trato a la vez, de consolarme de mi destierro, del destierro de mi eternidad, de este destierro al que quiero llamar des–cielo.

¡El destierro!, ¡la proscripción! ¡Y qué de experiencias íntimas, hasta religiosas, le debo! Fue entonces, allí, en aquella isla de Fuerteventura a la que querré eternamente y desde el fondo de mis entrañas, en aquel asilo de Dios, y después aquí, en París, henchido y desbordante de historia humana, universal, donde he escrito mis sonetos, que alguien ha comparado, por el origen y la intención, a los Castigos escritos contra la tiranía de Napoleón el Pequeño por Víctor Hugo en su isla de Guernesey. Pero no me bastan, no estoy en ellos con todo mi yo del destierro, me parecen demasiado poca cosa para eternizarme en el presente fugitivo, en este espantoso presente histórico, ya que la historia es la posibilidad de los espantos.

Recibo a poca gente; paso la mayor parte de mis mañanas solo, en esta jaula cercana a la plaza de los Estados Unidos. Después del almuerzo me voy a la Rotonda de Montparnasse, esquina del bulevar Raspail, donde tenemos una pequeña reunión de españoles, jóvenes estudiantes la mayoría, y comentamos las raras noticias que nos llegan de España, de la nuestra y de la de los otros, y recomenzamos cada día a repetir las mismas cosas, levantando, como aquí se dice, castillos en España. A esa Rotonda se le sigue llamando acá por algunos la de Trotzki pues parece que allí acudía, cuando desterrado en París, ese caudillo ruso bolchevique.

¡Qué horrible vivir en la expectativa, imaginando cada día lo que puede ocurrir al siguiente! ¡Y lo que puede no ocurrir! Me paso horas enteras, solo, tendido sobre el lecho solitario de mi pequeño hotel —family house— contemplando el techo de mi cuarto y no el cielo y soñando en el porvenir de España y en el mío. O deshaciéndolos. Y no me atrevo a emprender trabajo alguno por no saber si podré acabarlo en paz. Como no sé si este destierro durará todavía tres días, tres semanas, tres meses o tres años —iba a añadir tres siglos— no emprendo nada que pueda durar. Y sin embargo nada dura más que lo que se hace en el momento y para el momento. ¿He de repetir mi expresión favorita la eternización de la momentaneidad? Mi gusto innato —¡y tan español!— de la antítesis y del conceptismo me arrastraría a hablar de la momentanización de la eternidad. Clavar la rueda del tiempo.

[Hace ya dos años y cerca de medio más que escribí en París estas líneas y hoy las repaso aquí, en Hendaya, a la vista de mi España. ¡Dos años y medio más! Cuando cuitados españoles que vienen a verme me preguntan refiriéndose a la tiranía: «¿Cuánto durará esto?», les respondo: «¡Lo que ustedes quieran!». Y si me dicen: «Esto va a durar todavía mucho; por las trazas», yo: «¿Cuánto? ¿Cinco años más, veinte? Supongamos que veinte; tengo sesenta y tres, con veinte más, ochenta y tres; pienso vivir noventa; ¡por mucho que dure yo duraré más!». Y en tanto a la vista tantálica de mi España vasca, viendo salir y ponerse el sol por las montañas de mi tierra. Sale por ahí, ahora un poco a la izquierda de la Peña de Aya, las Tres Coronas y desde aquí, desde mi cuarto, contemplo en la falda sombrosa de esa montaña la cola de caballo, la cascada de Uramildea. ¡Con qué ansia lleno a la distancia mi vista con la frescura de ese torrente! En cuanto pueda volver a España iré, Tántalo libertado, a chapuzarme en esas aguas de consuelo.

Y veo ponerse el sol, ahora a principios de junio, sobre la estribación del Jaizquibel, encima del fuerte de Guadalupe donde estuvo preso el pobre general don Dámaso Berenguer, el de las incertidumbres. Y al pie del Jaizquibel me tienta a diario la ciudad de Fuenterrabía —oleografía en la tapa de España— con las ruinas cubiertas de yedra del castillo del Emperador Carlos I, el hijo de la Loca de Castilla y del Hermoso de Borgoña, el primer Habsburgo de España, con quien nos entró —fue la Contra Reforma— la tragedia en que aún vivimos. ¡Pobre príncipe don Juan, el ex–futuro don Juan III, con quien se extinguió la posibilidad de una dinastía española, castiza de verdad!

¡La campana de Fuenterrabía! Cuando la oigo se me remejen las entrañas. Y así, como en Fuenterrabía y en París me di a hacer sonetos, aquí, en Hendaya, me ha dado sobre todo por hacer romances. Y uno de ellos a la campana de Fuenterrabía, a Fuenterrabía misma campana, que dice:

Si no has de volverme a España,
Dios de la única bondad,
si no has de acostarme en ella,
¡hágase tu voluntad!
Como en el cielo en la tierra,
en la montaña y la mar,
Fuenterrabía soñada,
tu campana oigo sonar.
Es el llanto del Jaizquibel
—sobre él pasa el huracán—,
entraña de mi honda España,
te siento en mí palpitar.
Espejo del Bidasoa
que vas a perderte al mar,
¡qué de ensueños te me llevas!,
a Dios van a reposar.
Campana Fuenterrabía,
lengua de la eternidad,

En estas circunstancias y en tal estado de ánimo me dio la ocurrencia, hace ya algunos meses, después de haber leído la terrible Piel de zapa (Peau de chagrin) de Balzac, cuyo argumento conocía y que devoré con una angustia creciente, aquí en París y en el destierro, de ponerme en una novela que vendría a ser una autobiografía. Pero ¿no son acaso autobiografías todas las novelas que se eternizan y duran eternizando y haciendo durar a sus autores y a sus antagonistas?

En estos días de mediados de julio de 1925 —ayer fue el 14 de julio— he leído las eternas cartas de amor que aquel otro proscripto que fue José Mazzina escribió a Judit Sidoli. Un proscripto italiano, Alcestes de Ambris, me las ha prestado; no sabe bien el servicio que con ello me ha rendido. En una de esas cartas, de octubre de 1834, Mazzini, respondiendo a su Judit que le pedía que escribiese una novela, le decía: «Me es imposible escribirla. Sabes muy bien que no podría separarme de ti, y ponerme en un cuadro sin que se revelara mi amor... Y desde el momento en que pongo mi amor cerca de ti, la novela desaparece». Yo también he puesto a mi Concha, a la madre de mis hijos, que es el símbolo vivo de mi España, de mis ensueños y de mi porvenir, porque en esos hijos en quienes he de eternizarme, yo también la he puesto expresamente en uno de mis últimos sonetos y tácitamente en todos. Y me he puesto en ellos. Y además, lo repito, ¿no son, en rigor, todas las novelas que nacen vivas, autobiográficas y no es por esto por lo que se eternizan? Y que no choque mi expresión de nacer vivas, porque a) se nace y se muere vivo, b) se nace y se muere muerto, c) se nace vivo para morir muerto y d) se nace muerto para morir vivo.

Sí, toda novela, toda obra de ficción, todo poema, cuando es vivo, es autobiográfico. Todo ser de ficción, todo personaje poético que crea un autor hace parte del autor mismo. Y si éste pone en su poema un hombre de carne y hueso a quien ha conocido, es después de haberlo hecho suyo, parte de sí mismo. Los grandes historiadores son también autobiógrafos. Los tiranos que ha descrito Tácito son él mismo. Por el amor y la admiración que les ha consagrado —se admira y hasta se quiere aquello a que se execra y que se combate... ¡Ah! ¡Cómo quiso Sarmiento al tirano Rosas!— se los ha apropiado, se los ha hecho él mismo. Mentira la supuesta impersonalidad u objetividad de Flaubert. Todos los personajes poéticos de Flaubert son

Flaubert y más que ningún otro Emma Bovary. Hasta monsieur Homais, que es Flaubert, y si Flaubert se burla de monsieur Homais es para burlarse de sí mismo, por compasión, es decir, por amor de sí mismo. ¡Pobre Bouvard! ¡Pobre Pécuchet!

Todas las criaturas son su creador. Y jamás se ha sentido Dios más creador, más padre, que cuando se murió en Cristo, cuando en él, en su Hijo, gustó la muerte.

He dicho que nosotros, los autores, los poetas, nos ponemos, nos creamos, en todos los personajes poéticos que creamos, hasta cuando hacemos historia, cuando poetizamos, cuando creamos personas de que pensamos que existen en carne y hueso fuera de nosotros. ¿Es que mi Alfonso XIII de Borbón y Habsburgo–Lorena, mi Primo de Rivera, mi Martínez Anido, mi conde de Romanones, no son otras tantas creaciones mías, partes de mí, tan mías como mi Augusto Pérez, mi Pachico Zabalbide, mi Alejandro Gómez y todas las demás criaturas de mis novelas? Todos los que vivimos principalmente de la lectura y en la lectura, no podemos separar de los personajes poéticos o novelescos a los históricos. Don Quijote es para nosotros tan real y efectivo como Cervantes o más bien éste tanto como aquél. Todo es para nosotros libro, lectura; podemos hablar del Libro de la Historia, del Libro de la Naturaleza, del Libro del Universo. Somos bíblicos. Y podemos decir que en el principio fue el Libro. O la Historia. Porque la Historia comienza con el Libro y no con la Palabra, y antes de la Historia, del Libro, no había conciencia, no había espejo, no había nada. La prehistoria es la inconciencia, es la nada.

[Dice el Génesis que Dios creó el Hombre a su imagen y semejanza. Es decir, que le creó espejo para verse en él, para conocerse, para crearse].

Mazzini es hoy para mí como Don Quijote; ni más ni menos. No existe menos que éste y por lo tanto no ha existido menos que él.

¡Vivir en la historia y vivir la historia! Y un modo de vivir la historia es contarla, crearla en libros. Tal historiador, poeta por su manera de contar, de crear, de inventar un suceso que los hombres creían que se había verificado objetivamente, fuera de sus conciencias, es decir, en la nada, ha provocado otros sucesos. Bien dicho está que ganar una batalla es hacer creer a los propios y a los ajenos, a los amigos y a los enemigos, que se la ha ganado. Hay una leyenda de la realidad que es la sustancia, la íntima realidad de la realidad misma. La esencia de un individuo y la de un pueblo es su historia y la historia es lo que se llama la filosofía de la historia, es la reflexión que cada individuo o cada pueblo hacen de lo que les sucede, de lo que se sucede en ellos. Con sucesos, sucedidos, se constituye en hechos, ideas hechas carne. Pero como lo que me propongo al presente es contar cómo se hace una novela y no filosofar o historiar, no debo distraerme ya más y dejo para otra ocasión el explicar la diferencia que va de suceso a hecho, de lo que sucede y pasa a lo que se hace y queda.

Se ha dicho de Lenin que en agosto de 1917, un poco antes de apoderarse del poder, dejó inacabado un folleto, muy mal escrito, sobre la Revolución y el Estado, porque creyó más útil y más oportuno experimentar la revolución que escribir sobre ella. Pero ¿es que escribir de la revolución no es también hacer experiencias con ella? ¿Es que Carlos Marx no ha hecho la Revolución Rusa tanto si es que no más que Lenin? ¿Es que Rousseau no ha hecho la Revolución Francesa tanto como Mirabeau, Danton y Cía.? Son cosas que se han dicho miles de veces, pero hay que repetirlas otros millares para que continúen viviendo ya que la conservación del universo es, según los teólogos, una creación continua.

[«Cuando Lenin resuelve un gran problema —ha dicho Radek— no piensa en abstractas categorías históricas, no cavila sobre la renta de la tierra o la plusvalía ni sobre el absolutismo o el liberalismo; piensa en los hombres vivos, en el aldeano Ssidor de Twer, en el obrero de las fábricas Putiloff o en el policía de la calle y procura representarse cómo las decisiones que se tomen obrarán sobre el aldeano Ssidor o sobre el obrero Unufri». Lo que no quiere decir otra cosa sino que Lenin ha sido un historiador, un novelista, un poeta y no un sociólogo o un ideólogo, un estadista y no un mero político].

Vivir en la historia y vivir la historia, hacerme en la historia, en mi España, y hacer mi historia, mi España, y con ella mi universo, y mi eternidad, tal ha sido y sigue siempre siendo la trágica cuita de mi destierro. La historia es leyenda, ya lo consabemos —es consabido—, y esta leyenda, esta historia me devora y cuando ella acabe me acabaré yo con ella. Lo que es una tragedia más terrible que aquella de aquel trágico Valentín de La piel de zapa. Y no sólo mi tragedia sino la de todos los que viven en la historia, por ella y de ella, la de todos los ciudadanos, es decir de todos los hombres —animales políticos o civiles que diría Aristóteles—, la de todos los que escribimos, la de todos los que leemos, la de todos los que lean esto. Y aquí estalla la universalidad, la omnipersonalidad y la todopersonalidad —omnis no es totus— no la impersonalidad de este relato. Que no es un ejemplo de ego–ismo sino de nos–ismo.

¡Mi leyenda!, ¡mi novela! Es decir, la leyenda, la novela que de mí, Miguel de Unamuno, al que llamamos así, hemos hecho conjuntamente los otros y yo, mis amigos y mis enemigos, y mi yo amigo y mi yo enemigo. Y he aquí por qué no puedo mirarme un rato al espejo porque al punto se me van los ojos tras de mis ojos, tras su retrato, y desde que miro a mi mirada me siento vaciarme de mí mismo, perder mi historia, mi leyenda, mi novela, volver a la inconciencia, al pasado, a la nada. ¡Como si el porvenir no fuese también nada¡ Y sin embargo el porvenir es nuestro todo.

¡Mi novela! ¡Mi leyenda! El Unamuno de mi leyenda, de mi novela, el que hemos hecho juntos mi yo amigo y mi yo enemigo y los demás, mis amigos y mis enemigos, este Unamuno me da vida y muerte, me crea y me destruye, me sostiene y me ahoga. Es mi agonía. ¿Seré como me creo o como se me cree? Y he aquí como estas líneas se convierten en una confesión ante mi yo desconocido e inconocible; desconocido e inconocible para mí mismo. He aquí que hago la leyenda en que he de enterrarme. Pero voy al caso de mi novela.

Porque había imaginado, hace ya unos meses, hacer una novela en la que quería poner la más íntima experiencia de mi destierro, crearme, eternizarme bajo los rasgos de desterrado y de proscrito. Y ahora pienso que la mejor manera de hacer esa novela es contar cómo hay que hacerla. Es la novela de la novela, la creación de la creación. O Dios de Dios, Deus de Deo.

Habría que inventar, primero, un personaje central que sería, naturalmente, yo mismo. Y a este personaje se empezaría por darle un nombre. Le llamaría U. Jugo de la Raza; U. es la inicial de mi apellido; Jugo el primero de mi abuelo materno y el del viejo caserío de Galdácano, en Vizcaya, de donde procedía; Larraza es el nombre, vasco también —como Larra, Larrea, Larrazábal, Larramendi, Larraburu, Larraga, Larreta... y tantos más— de mi abuela paterna. Lo escribo la Raza para hacer un juego de palabras —¡gusto conceptista!— aunque Larraza signifique pasto. Y Jugo no sé bien qué pero no lo que en español jugo.

U. Jugo de la Raza se aburre de una manera soberana —y, ¡qué aburrimiento el de un soberano!— porque no vive ya más que en sí mismo, en el pobre yo de bajo la historia, en el hombre triste que no se ha hecho novela. Y por eso le gustan las novelas. Le gustan y las busca para vivir en otro. Es por lo menos lo que él cree pero en realidad busca las novelas a fin de descubrirse, a fin de vivir en sí, de ser él mismo. O más bien a fin de escapar de su yo desconocido e inconocible hasta para sí mismo.

[Cuando escribí eso del aburrimiento soberano, lo mismo que las otras veces, son varias, en que lo he escrito, pensaba en nuestro pobre rey don Alfonso XIII de Borbón y Habsburgo–Lorena, de quien siempre he creído que se aburre soberanamente, que nació aburrido —¡herencia de siglos dinásticos!— y que todos sus ensueños imperiales —el último y más terrible el de la cruzada de Marruecos— son para llenar el vacío que es el aburrimiento, la trágica soledad del trono. Es como su manía de la velocidad y su horror a lo que llama pesimismo. ¿Qué vida íntima, profunda, de súbdito de Dios, tendrá ese pobre lirio de milenario tiesto?].

22

U. Jugo de la Raza, errando por las orillas del Sena, a lo largo de los muelles, entre los puestos de librería de viejo, da con una novela que apenas ha comenzado a leerla antes de comprarla, le gana enormemente, le saca de sí, le introduce en el personaje de la novela —la novela de una confesión auto-biográfico romántica—, le identifica con aquel otro, le da una historia, en fin. El mundo grosero de la realidad del siglo desaparece a sus ojos. Cuando por un instante separándolos de las páginas del libro los fija en las aguas del Sena paréceles que esas aguas no corren, que son las de un espejo inmóvil, y aparta de ellas sus ojos horrorizados y los vuelve a las páginas del libro, de la novela, para encontrarse en ellas, para en ellas vivir. Y he aquí que da con un pasaje, pasaje eterno, en que lee estas palabras proféticas: «Cuando el lector llegue al fin de esta dolorosa historia se morirá conmigo».

Entonces Jugo de la Raza sintió que las letras del libro se le borraban de ante los ojos, como si se aniquilaran en las aguas del Sena, como si él mismo se aniquilara; sintió ardor en la nuca y frío en todo el cuerpo, le temblaron las piernas y aparecIÓSELE en el espíritu el espectro de la angina de pecho de que había estado obsesionado años antes. El libro le tembló en las manos, tuvo que apoyarse en el cajón del muelle y al cabo dejando el volumen en el sitio de donde lo tomó, se alejó, a lo largo del río, hacia su casa. Había sentido sobre su frente el soplo del aletazo del Ángel de la Muerte. Llegó a casa, a la casa de pasaje, tendiose sobre la cama, se desvaneció, creyó morir y sufrió la más íntima congoja.

«No, no tocaré más ese libro, no leeré en él, no lo compraré para terminarlo —se decía—. Sería mi muerte. Es una tontería, lo sé; fue un capricho macabro del autor el meter allí aquellas palabras pero estuvieron a punto de matarme. Es más fuerte que yo. Y cuando para volver acá he atravesado el puente de Alma —¡el puente del alma!— he sentido ganas de arrojarme al Sena, al espejo. He tenido que agarrarme al parapeto. Y me he acordado de otras tentaciones parecidas, ahora ya viejas, y de aquella fantasía del suicida de nacimiento que imaginé que vivió cerca de ochenta años queriendo siempre suicidarse y matándose por el pensamiento día a día. ¿Es esto vida? No; no leeré más de ese libro... ni de ningún otro; no me pasearé por las orillas del Sena donde se venden libros».

Pero el pobre Jugo de la Raza no podía vivir sin el libro, sin aquel libro; su vida, su existencia íntima, su realidad, su verdadera realidad estaba ya definida e irrevocablemente unida a la del personaje de la novela. Si continuaba leyéndolo, viviéndolo, corría riesgo de morirse cuando se muriese el personaje novelesco, pero si no lo leía ya, si no vivía ya más el libro, ¿viviría? Y tras esto volvió a pasearse por las orillas del Sena, pasó una vez más ante el mismo puesto de libros, lanzó una mirada de inmenso amor y de horror inmenso al volumen fatídico, después contempló las aguas del Sena y... ¡venció! ¿O fue vencido? Pasó sin abrir el libro y diciéndose: «¿Cómo seguirá esa historia?, ¿cómo acabará?». Pero estaba convencido de que un día no sabría resistir y de que le sería menester tomar el libro y proseguir la lectura aunque tuviese que morirse al acabarla.

Así es cómo se desarrollaría la novela de mi Jugo de la Raza, mi novela de Jugo de la Raza. Y entre tanto yo, Miguel de Unamuno, novelesco también, apenas si escribía, apenas si obraba por miedo de ser devorado por mis actos. De tiempo en tiempo escribía cartas políticas contra don Alfonso XIII y contra los tiranuelos pretorianos de mi pobre patria, pero estas cartas que hacían historia en mi España, me devoraban. Y allá, en mi España, mis amigos y mis enemigos decían que no soy un político, que no tengo temperamento de tal, y menos todavía de revolucionario, que debería consagrarme a escribir poemas y novelas y dejarme de políticas. ¡Como si hacer política fuese otra cosa que escribir poemas y como si escribir poemas no fuese otra manera de hacer política!

Pero lo más terrible es que no escribía gran cosa, que me hundía en una congojosa inacción de expectativa, pensando en lo que haría o diría o escribiría si sucediera esto o lo otro, soñando el porvenir, lo que equivale, lo tengo dicho, a deshacerlo. Y leía los libros que me caían al azar a las manos, sin plan ni concierto, para satisfacer ese terrible vicio de la lectura, el vicio impune de que habla Valéry Larbaud. Impune. ¡Vamos! ¡Y qué sabroso castigo! El vicio de la lectura lleva el castigo de muerte continua.

La mayor parte de mis proyectos —y entre ellos el de escribir esto que estoy escribiendo sobre la manera como se hace una novela— quedaban en suspenso. Había publicado mis sonetos aquí, en París, y en España se había publicado mi Teresa, escrita antes de que estallara el infamante golpe de Estado del 13 de setiembre de 1923, antes que hubiese comenzado mi historia del destierro, la historia de mi destierro. ¡Y he aquí que me era preciso vivir en el otro sentido, ganarme mi vida escribiendo! ¡Y aun así!... Crítica, el bravo diario de Buenos Aires, me había pedido una colaboración bien remunerada, no tengo dinero de sobra, sobre todo viviendo lejos de los míos, pero no lograba poner pluma en papel. Tenía y sigo teniendo en suspenso mi colaboración a Caras y Caretas, semanario de Buenos Aires. En España no quería ni quiero escribir en periódico alguno ni en revistas; me rehúso a la humillación de la censura militar. No puedo sufrir que mis escritos sean censurados por soldadotes analfabetos a los que degrada y envilece la disciplina castrense y que nada odian más que la inteligencia. Sé que después de haberme dejado pasar algunos juicios de veras duros y hasta, desde su punto de vista, delictivos, me tacharían una palabra inocente, una nonada para hacerme sentir su poder. ¿Una censura de ordenanza? ¡Jamás!

[Después que he venido de París a Hendaya he adquirido nuevas noticias sobre la incurable necedad de la censura al servicio de la insondable tontería de Primo de Rivera y del miedo cerval a la verdad del desgraciado vesánico Martínez Anido. Con las cosas de la censura cabría escribir un libro que sería de gran regocijo si no fuese de congojoso bochorno. Lo que sobre todo temen más es la ironía, la sonrisa irónica, que les parece desdeñosa. «¡De nosotros no se ríe nadie!», dicen. Y quiero contar un caso. Que fue que servía en cierto regimiento un mozo despierto y sagaz, avisado e irónico, de carrera civil y liberal, y de los que llamamos de cuota. El capitán de su compañía le temía y le repugnaba procurando no producirse delante de él, pero una vez se vio llevado a soltar una de esas arengas patrióticas de ordenanza delante de él y de los demás soldados. El pobre capitán no podía apartar sus ojos de los ojos y de la boca del despierto mozo, espiando su gesto, ni ello le dejaba acertar con los lugares comunes de su arenga, hasta que al cabo, azarado y azorado, ya no dueño de sí, se dirigió al soldado diciéndole: «¿Qué, se sonríe usted?», y el mozo: «No, mi capitán, no me sonrío», y entonces el otro: «¡Sí, por dentro!». Y en nuestra España todos los pobres cainitas, madera de cuadrilleros o de corchetes del Santo Oficio de la Inquisición, almas uniformadas, cuando se cruzan con uno de esos a quienes motejan de intelectuales creen leer en sus ojos y en la boca una contenida sonrisa de desdén, creen que el otro se sonríe de ellos por dentro. Y ésta es la peor tragedia. Y a esa chusma es a la que ha azuzado la tiranía.

Como aquí también, en la frontera, he podido enterarme de la perversión radical de la policía y de lo que es este instituto de pinches de verdugos. Pero no quiero quemarme más la sangre escribiendo de ello y vuelvo al viejo relato].

Volvamos, pues, a la novela de Jugo de la Raza, a la novela de su lectura de la novela. Lo que habría de seguir era que un día el pobre Jugo de la Raza no pudo ya resistir más, fue vencido por la historia, es decir, por la vida, o mejor, por la muerte. Al pasar junto al puesto de libros, en los muelles del Sena, compró el libro, se lo metió al bolsillo y se puso a correr, a lo largo del río, hacia su casa, llevándose el libro como se lleva una cosa robada con miedo de que se la vuelvan a uno a robar. Iba tan de prisa que se le cortaba el aliento, le faltaba huelgo y veía reaparecer el viejo y ya casi extinguido espectro de la angina de pecho. Tuvo que detenerse y entonces, mirando, a todos lados, a los que pasaban y mirando sobre todo a las aguas del Sena, el espejo fluido, abrió el libro y leyó algunas líneas. Pero volvió a cerrarlo al punto. Volvía a encontrar lo que, años antes, había llamado la disnea cerebral, acaso la enfermedad X de Mac Kenzie, y hasta creía sentir un cosquilleo fatídico a lo largo del brazo izquierdo y entre los dedos de la mano. En otros momentos se decía: «En llegando a aquel árbol me caeré muerto», y después que lo había pasado una vocecita, desde el fondo del corazón, le decía: «Acaso estás realmente muerto...». Y así llegó a casa.

Llegó a casa, comió tratando de prolongar la comida —prolongarla con prisa—, subió a su alcoba, se desnudó y se acostó como para dormir, como para morir. El corazón le latía a rebato. Tendido en la cama, recitó primero un padrenuestro y luego un avemaría, deteniéndose en: «hágase tu voluntad así en la tierra como en el cielo» y en «Santa María, madre de Dios, ruega por nosotros pecadores ahora y en la hora de nuestra muerte». Lo repitió tres veces, se santiguó y esperó, antes de abrir el libro, a que el corazón se le apaciguara. Sentía que el tiempo le devoraba, que el porvenir de aquella ficción novelesca le tragaba. El porvenir de aquella criatura de ficción con que se había identificado; sentíase hundirse en sí mismo.

Un poco calmado abrió el libro y reanudó su lectura. Se olvidó de sí mismo, por completo, y entonces sí que pudo decir que se había muerto. Soñaba al otro, o más bien el otro era un sueño que se soñaba en él, una criatura de su soledad infinita. Al fin se despertó con una terrible punzada en el corazón. El personaje del libro acababa de volver a decirle: «Debo repetir a mi lector que se morirá conmigo». Y esta vez el efecto fue espantoso. El trágico lector perdió conocimiento en su lecho de agonía espiritual; dejó de soñar al otro y dejó de soñarse a sí mismo. Y cuando volvió en sí, arrojó el libro, apagó la luz y procuró, después de haberse santiguado de nuevo, dormirse, dejar de soñarse. ¡Imposible! De tiempo en tiempo tenía que levantarse a beber agua; se le ocurrió que bebía el Sena, el espejo. «¿Estaré loco? —se decía—. Pero no, porque cuando alguien se pregunta si está loco es que no lo está. Y sin embargo...». Levantose, prendió fuego en la chimenea y quemó el libro volviendo en seguida a acostarse. Y consiguió al cabo dormirse.

El pasaje que había pensado para mi novela, en el caso de que la hubiera escrito, y en el que habría de mostrar al héroe quemando el libro, me recuerda lo que acabo de leer en la carta que Mazzini, el gran soñador, escribió desde Grenchen a su Judit el primero de mayo de 1835: «Si bajo a mi corazón encuentro allí cenizas y un hogar apagado. El volcán ha cumplido su incendio y no quedan de él más que el calor y la lava que se agitan en su superficie y cuando todo se haya helado y las cosas se hayan cumplido, no quedará ya nada —un recuerdo indefinible como de algo que hubiera podido ser y no ha sido, el recuerdo de los medios que deberían haberse empleado para la dicha y que se quedaron perdidos en la inercia de los deseos titánicos rechazados desde el interior sin haber podido tampoco haberse derramado hacia fuera, que han minado al alma de esperanzas, de ansiedades, de votos sin fruto... y después nada». Mazzini era un desterrado, un desterrado de la eternidad. [Como lo fue antes de él el Dante, el gran proscrito— y el gran desdeñoso; proscritos y desdeñosos también Moisés y san Pablo— y después de él Víctor Hugo. Y todos ellos, Moisés, san Pablo, el Dante, Mazzini, Víctor Hugo y tantos más aprendieron en la proscripción de su patria, o buscándola por el desierto; lo que es el destierro de la eternidad. Y fue desde el destierro de su Florencia desde donde pudo ver el Dante cómo Italia estaba sierva y era hostería del dolor.

Ai serva Italia di dolore ostello].

En cuanto a la idea de hacer decir a mi lector de la novela, a mi Jugo de la Raza: «¿Estaré loco?», debo confesar que la mayor confianza que pueda tener en mi sano juicio me ha sido dada en los momentos en que observando lo que hacen los otros y lo que no hacen, escuchando lo que dicen y lo que callan, me ha surgido esta fugitiva sospecha de si estaré loco.

Estar loco se dice que es haber perdido la razón. La razón, pero no la verdad, porque hay locos que dicen las verdades que los demás callan por no ser ni racional ni razonable decirlas y por eso se dice que están locos. ¿Y qué es la razón? La razón es aquello en que estamos todos de acuerdo, todos o por lo menos la mayoría. La verdad es otra cosa, la razón es social; la verdad, de ordinario, es completamente individual, personal e incomunicable. La razón nos une y las verdades nos separan.

[Mas ahora caigo en la cuenta de que acaso es la verdad la que nos une y son las razones las que nos separan. Y de que toda esa turbia filosofía sobre la razón, la verdad y la locura obedecía a un estado de ánimo de que en momentos de mayor serenidad de espíritu me curo. Y aquí, en la frontera, a la vista de las montañas de mi tierra nativa, aunque mi pelea se ha exarcerbado, se me ha serenado en el fondo el espíritu. Y ni un momento se me ocurre que esté loco. Porque si acometo, a riesgo tal vez de vida, a molinos de viento como si fuesen gigantes es a sabiendas de que son molinos de viento. Pero como los demás, los que se tienen por cuerdos, los creen gigantes, hay que desengañarles de ello].

A las veces, en los instantes en que me creo criatura de ficción y hago mi novela, en que me represento a mí mismo, delante de mí mismo, me ha ocurrido soñar o bien que casi todos los demás, sobre todo en mi España, están locos o bien que yo lo estoy y puesto que no pueden estarlo todos los demás que lo estoy yo. Y oyendo los juicios que emiten sobre mis dichos, mis escritos y mis actos, pienso: «¿No será acaso que pronuncio otras palabras que las que me oigo pronunciar o que se me oye pronunciar otras que las que pronuncio?». Y no dejo entonces de acordarme de la figura de Don Quijote.

[Después de esto me ha ocurrido aquí, en Hendaya, encontrar con un pobre diablo que se me acercó a saludarme, y que me dijo que en España se me tenía por loco. Resultó después que era policía, y él mismo me lo confesó, y que estaba borracho. Que no es precisamente estar loco. Porque Primo de Rivera no se vuelve loco cuando se pone borracho, que es a cada trance, sino que se le exacerba la tonteritis, o sea la inflamación —cotéjese apendicitis, faringitis, laringitis, otitis, enteritis, flebitis, etc.— de su tontería congénita y constitucional. Ni su pronunciamiento tuvo nada de quijotesco, nada de locura sagrada. Fue una especulación cazurra acompañada de un manifiesto soez].

Aquí debo repetir algo que creo haber dicho a propósito de Nuestro Señor Don Quijote y es preguntar cuál habría sido su castigo si en vez de morir recobrada la razón, la de todo el mundo, perdiendo así su verdad, la suya, si en vez de morir como era necesario habría vivido algunos años más todavía. Y habría sido que todos los locos que había entonces en España —y debió haber habido muchos, porque acababa de traerse del Perú la enfermedad terrible— habrían acudido a él, solicitando su ayuda, y al ver que se la rehusaba, le habrían abrumado de ultrajes y tratado de farsante, de traidor y de renegado. Porque hay una turba de locos que padecen de manía persecutoria, la que se convierte en manía perseguidora, y estos locos se ponen a perseguir a Don Quijote cuando éste no se presta a perseguir a sus supuestos perseguidores. Pero ¿qué es lo que habré hecho yo, Don Quijote mío, para haber llegado a ser así el imán de los locos que se creen perseguidos? ¿Por qué se acorren a mí? ¿Por qué me cubren de alabanzas si al fin han de cubrirme de injurias?

[A este mismo mi Don Quijote le ocurrió que después de haber libertado del poder de los cuadrilleros de la Santa Hermandad a los galeotes a quienes les llevaban presos, estos galeotes le apedrearon. Y aunque sepa yo que acaso un día los galeotes han de apedrearme no por eso cejo en mi empeño de combatir contra el poderío de los cuadrilleros de la actual Santa Hermandad de mi España. No puedo tolerar, y aunque se me tome a locura, el que los verdugos se erijan en jueces y el que el fin de autoridad, que es la justicia, se ahogue con lo que llaman el principio de autoridad, y es el principio del poder, o sea lo que llaman el orden. Ni puedo tolerar que una acuitada y menguada burguesía por miedo pánico —irreflexivo— al incendio comunista —pesadilla de locos de miedo— entregue su casa y su hacienda a los bomberos que se las destrozan más aún que el incendio mismo. Cuando no ocurre lo que ahora en España y es que son los bomberos los que provocan los incendios para vivir de extinguirlos. Pues es sabido que si los asesinatos en las calles han casi cesado —los que ocurren se celan— desde la tiranía pretoriana y policíaca es porque los asesinos están a sueldo del Ministerio de la Gobernación y empleados en él. Tal es el régimen policíaco].

Volvamos una vez más a la novela de Jugo de la Raza, a la novela de su lectura de la novela, a la novela del lector [del lector actor, del lector para quien leer es vivir lo que lee].

Cuando se despertó a la mañana siguiente, en su lecho de agonía espiritual, encontrose encalmado, se levantó y contempló un momento las cenizas del libro fatídico de su vida. Y aquellas cenizas le parecieron, como las aguas del Sena, un nuevo espejo. Su tormento se renovó: ¿cómo acabaría la historia? Y se fue a los muelles del Sena a buscar otro ejemplar sabiendo que no lo encontraría y porque no había de encontrarlo. Y sufrió de no poder encontrarlo; sufrió a muerte. Decidió emprender un viaje por esos mundos de Dios; acaso Éste le olvidara, le dejara su historia. Y por el momento se fue al Louvre, a contemplar la Venus de Milo, a fin de librarse de aquella obsesión, pero la Venus de Milo le pareció como el Sena y como las cenizas del libro que había quemado, otro espejo. Decidió partir, irse a contemplar las montañas y la mar, y cosas estáticas y arquitectónicas. Y en tanto se decía: «¿Cómo acabará esa historia?».

Es algo de lo que me decía, cuando imaginaba ese pasaje de mi novela: «¿Cómo acabará esta historia del Directorio y cuál será la suerte de la monarquía española y de España?». Y devoraba —como sigo devorándolos— los periódicos, y aguardaba cartas de España. Y escribía aquellos versos del soneto LXXVIII de mi De Fuerteventura a París:

Que es la Revolución una comedia

que el Señor ha inventado contra el tedio.

Porque ¿no está hecha de tedio la congoja de la historia? Y al mismo tiempo tenía el disgusto de mis compatriotas.

Me doy perfecta cuenta de los sentimientos que Mazzini expresaba en un carta desde Berna, dirigida a su Judit, del 2 de marzo de 1835: «Aplastaría con mi desprecio y mi mentís, si me dejara llevar de mi inclinación personal, a los hombres que hablan mi lengua, pero aplastaría con mi indignación y mi venganza al extranjero que se permitiese, delante de mí, adivinarlo». Concibo del todo su «rabioso despecho» contra los hombres, y sobre todo contra sus compatriotas, contra los que le comprendían y le juzgaban tan mal. ¡Qué grande era la verdad de aquella «alma desdeñosa», melliza de la del Dante, el otro gran proscrito, el otro gran desdeñoso!

No hay medio de adivinar, de vaticinar mejor, cómo acabará todo aquello, allá en mi España; nadie cree en lo que dice ser suyo; los socialistas no creen en el socialismo, ni en la lucha de clases, ni en la ley férrea del salario y otros simbolismos marxistas; los comunistas no creen en la comunidad [y menos en la comunión]; los conservadores en la conservación; ni los anarquistas en la anarquía; los pretorianos no creen en la dictadura... ¡Pueblo de pordioseros! ¿Y cree alguien en sí mismo? ¿Es que creo en mí mismo? «¡El pueblo calla!». Así acaba la tragedia Boris Godunoff de Puschkin. Es que el pueblo no cree en sí mismo. ¡Y Dios se calla! He aquí el fondo de la tragedia universal: Dios se calla. Y se calla porque es ateo.

Volvamos a la novela de mi Jugo de la Raza, de mi lector, a la novela de su lectura, de mi novela.

Pensaba hacerle emprender un viaje fuera de París, a la rebusca del olvido de la historia; habría andado errante, perseguido por las cenizas del libro que había quemado y deteniéndose para mirar las aguas de los ríos y hasta las de la mar. Pensaba hacerle pasearse, transido de angustia histórica, a lo largo de los canales de Gante y de Brujas, o en Ginebra, a lo largo del lago Lemán, y pasar, melancólico, aquel puente de Lucerna que pasé yo, hace treinta y seis años, cuando tenía veinticinco. Habría colocado en mi novela recuerdos de mis viajes, habría hablado de Gante y de Ginebra y de Venecia y de Florencia y... a su llegada a una de esas ciudades mi pobre Jugo de la Raza se habría acercado a un puesto de libros y habría dado con otro ejemplar del libro fatídico y todo tembloroso lo habría comprado y se lo habría llevado a París proponiéndose continuar la lectura hasta que su curiosidad se satisficiese, hasta que hubiese podido prever el fin sin llegar a él, hasta que hubiese podido decir: «Ahora ya se entrevé cómo va a acabar esto».

[Cuando en París escribía yo esto, hace ya cerca de dos años, no se me podía ocurrir hacerle pasearse a mi Jugo de la Raza más que por Gante y Ginebra y Lucerna y Venecia y Florencia... Hoy le haría pasearse por este idílico país vasco francés que a la dulzura de la dulce Francia une el dulcísimo agreste de mi Vasconia. Iría bordeando las plácidas riberas del humilde Nivelle, entre mansas praderas de esmeralda, junto a Ascain, y al pie del Larrún —otro derivado de larra, pasto— iría restregándose la mirada en la verdura apaciguadora del campo nativo, henchida de silenciosa tradición milenaria, y que trae el olvido de la engañosa historia; iría pasando junto a esos viejos caseríos que se miran en las aguas de un río quieto; iría oyendo el silencio de los abismos humanos.

Le haría llegar hasta San Juan Pie de Puerto, de donde fue aquel singular doctor Huarte de San Juan, el del Examen de Ingenios, a San Juan Pie de Puerto, de donde el Nive baja a San Juan de Luz. Y allí, en la vieja pequeña ciudad navarra, en un tiempo española y hoy francesa, sentado en un banco de piedra en Eyalaberri, embozado en la paz ambiente, oiría el rumor eterno del Nive. E iría a verlo cuando pasa bajo el puente que lleva a la iglesia. Y el campo circunstante le hablaría en vascuence, en infantil eusquera, le hablaría infantilmente, en balbuceo de paz y de confianza. Y como se le hubiera descompuesto el reló iría a un relojero que al declarar que no sabía vascuence le diría que son las lenguas y las religiones las que separan a los hombres. Como si Cristo y Buda no hubieran dicho a Dios lo mismo sólo que en dos lenguas diferentes.

Mi Jugo de la Raza vagaría pensativo por aquella calle de la Ciudadela que desde la iglesia sube al castillo, obra de Vauban, y la mayoría de cuyas casas son anteriores a la Revolución, aquellas casas en que han dormido tres siglos. Por aquella calle no pueden subir, gracias a Dios, los autos de los coleccionistas de kilómetros. Y allí, en aquella calle de paz y de retiro, visitaría la prison des évêques, la cárcel de los obispos de San Juan, la mazmorra de la Inquisición. Por detrás de ella las viejas murallas que amparan pequeñas huertecillas enjauladas. Y la vieja cárcel, está por detrás, envuelta en hiedra.

Luego mi pobre lector trágico iría a contemplar la cascada que forma el Nive y a sentir cómo aquellas aguas que no son ni un momento las mismas, hacen como un muro. Y un muro que es un espejo. Y espejo histórico. Y seguiría, río abajo, hacia Uhartlize deteniéndose ante aquella casa en cuyo dintel se lee:

Vivons en paix
Pierre Ezpellet
et Jeanne Iribar
ne. Cons. Anne 8e
1800

Y pensaría en la vida de paz —¡vivamos en paz!— de Pedro Ezpeleta y Juana Iríbar cuando Napoleón estaba llenando al mundo con el fragor de su historia.
Luego mi Jugo de la Raza, ansioso de beber con los ojos la verdura de las montañas de su patria, se iría hasta el puente de Arnegui, en la frontera entre Francia y España. Por allí, por aquel puente insignificante y pobre, pasó en el segundo día de Carnaval de 1875 el pretendiente don Carlos de Borbón y Este, para los carlistas Carlos VII, al acabarse la anterior guerra civil, la que engendró esta otra que nos ha traído los pretorianos de Alfonso XIII, guerra carlista también como fue carlista el pronunciamiento de Primo de Rivera. Y a mí se me arrancó de mi casa para lanzarme al confinamiento de Fuerteventura en el día mismo, 21 de febrero de 1924, en que hacía cincuenta años había oído caer junto a mi casa natal de Bilbao una de las primeras bombas que los carlistas lanzaron sobre mi villa. Y allí, en el humilde puente de Arnegui podría haberse percatado Jugo de la Raza de que los aldeanos que habitan aquel contorno nada saben ya de Carlos VII, el que pasó diciendo al volver la cara a España: «¡Volveré, volveré!».

Por allí, por aquel mismo puente o por cerca de él, debió de haber pasado el Carlomagno de la leyenda; por allí se va al Roncesvalles donde resonó la trompa de Rolando —que no era un Orlando furioso— que hoy calla entre

31

aquellas encañadas de sombra, de silencio y de paz. Y Jugo de la Raza uniría en su imaginación, en esa nuestra sagrada imaginación que funde siglos y vastedades de tierra, que hace de los tiempos eternidad y de los campos infinitud, uniría a Carlos VII y a Carlomagno. Y con ellos al pobre Alfonso XIII y al primer Habsburgo de España, a Carlos I el Emperador, V de Alemania, recordando cuando él, Jugo, visitó Yuste y a falta de otro espejo de aguas, contempló el estanque donde se dice que el Emperador, desde un balcón, pescaba tencas. Y entre Carlos VII el Pretendiente y Carlomagno, Alfonso XIII y Carlos I, se le presentaría la pálida sombra enigmática del príncipe don Juan, muerto de tisis en Salamanca antes de haber podido subir al trono, el ex–futuro don Juan III, hijo de los Reyes Católicos Fernando e Isabel. Y Jugo de la Raza pensando en todo esto, camino del puente de Arnegui a San Juan Pie de Puerto, se diría: «¿Y cómo va a acabar todo esto?»].

Pero interrumpo esta novela para volver a la otra. Devoro aquí las noticias que me llegan de mi España, sobre todo las concernientes a la campaña de Marruecos, preguntándome si el resultado de ésta me permitirá volver a mi patria, hacer allí mi historia y la suya; ir a morirme allí. Morirme allí y ser enterrado en el desierto...

A todo esto las gentes de aquí preguntan si es que puedo volver a mi España, si hay alguna ley o disposición del poder público que me impida la vuelta y me es difícil explicarles, sobre todo a extranjeros, por qué no puedo ni debo volver mientras haya Directorio, mientras el general Martínez Anido esté en el poder, porque no podría callarme ni dejar de acusarles, y si vuelvo a España y acuso y grito en las calles y las plazas la verdad, mi verdad, entonces mi libertad y hasta mi vida estarían en peligro y si las perdiera no harían nada los que se dicen mis amigos y amigos de la libertad y de la vida. Algunos, al explicarles mi situación, se sonríen y dicen: «¡Ah, sí, una cuestión de dignidad!». Y leo bajo su sonrisa que se dicen: «Se cuida de su papel...».

¿Y no tendrán algo de razón? ¿No estaré acaso a punto de sacrificar mi yo íntimo, divino, el que soy en Dios, el que debo ser, al otro, al yo histórico, al que se mueve en su historia y con su historia? ¿Por qué obstinarme en no volver a entrar en España? ¿No estoy en vena de hacerme mi leyenda, la que me entierra, además de la que los otros, amigos y enemigos, me hacen? Es que si no me hago mi leyenda me muero del todo. Y si me la hago, también.

Héteme acaso haciendo mi leyenda, mi novela, y haciendo la de ellos, la del Rey, la de Primo de Rivera, la de Martínez Anido, criaturas de mi espíritu, entes de ficción. ¿Es que miento cuando les atribuyo ciertas intenciones y ciertos sentimientos? ¿Existen como les describo? ¿Es que siquiera existen? ¿Existen, sea como fuere, fuera de mí? En tanto que criaturas mías son criaturas de mi amor aunque se revista de odio. He dicho que Sarmiento admiraba y quería al tirano Rosas; yo no diré que admiro a nuestro rey, pero que le quiero sí, porque es mío, porque le he hecho yo. Le querría fuera de España, pero le quiero. Y acaso quiero a ese mentecato de Primo de Rivera, que se ha arrepentido de lo que hizo conmigo, como en el fondo está arrepentido de lo que hizo con España. Y por el pobre epiléptico Martínez Anido, que, en uno de sus ataques, espumarajeándole la boca y todo tembloroso, pedía mi cabeza, siento una compasión que es ternura porque presumo que nada desea más que mi perdón sobre todo si sospecha que rezo a diario: «perdónanos nuestras deudas así como nosotros perdonamos a nuestros deudores». Pero ¡ah!, ¡hay el papel! ¡Vuelvo a escena! ¡A la comedia!

[Y bien, ¡no! Cuando escribí esto me dejé llevar de un momento de desaliento. Yo puedo perdonarles lo que conmigo han hecho pero lo que han hecho y lo que siguen haciendo con mi pobre patria, de eso no soy yo quien puede perdonarles. Y no se trata de representar un papel. Y en cuanto a que el botarate Primo de Rivera esté ya arrepentido de lo que hizo puede muy bien ser, pero lo que él llama su honor no le permite confesarlo. Ese terrible honor caballeresco que para siempre quedó expresado en aquella cuarteta de Las mocedades del Cid, de Guillén de Castro, en que se dice:

Procure siempre acertarla
el honrado y principal,
pero si la acierta mal,
defenderla y no enmendarla.

Lo que no quiere decir ni que Primo de Ribera sea honrado ni principal ni menos que al pronunciarse en el golpe de Estado procurara acertarlo].
Judit Sidoli escribiendo a su José Mazzini le hablaba de «sentimientos que se convierten en necesidades», de «trabajo por necesidad material de obra, por vanidad», y el gran proscrito se revolvía contra ese juicio. Poco después, en otra carta —de Grenchen, y del 14 de mayo de 1835— le escribía: «Hay horas, horas solemnes, horas que me despiertan sobre diez años, en que nos veo; veo la vida; veo mi corazón y el de los otros, pero en seguida... vuelvo a las ilusiones de la poesía». La poesía de Mazzini era la historia, su historia, la de Italia, que era su madre y su hija.

¡Hipócrita! Porque yo que soy, de profesión, un ganapán helenista —es una cátedra de griego la que el Directorio hizo la comedia de quitarme reservándomela— sé que hipócrita significa actor. ¿Hipócrita? ¡No! Mi papel es mi verdad y debo vivir mi verdad, que es mi vida.

Ahora hago el papel de proscrito. Hasta el descuidado desaliño de mi persona, hasta mi terquedad en no cambiar de traje, en no hacérmelo nuevo, dependen en parte —con ayuda de cierta inclinación a la avaricia que me ha acompañado siempre y que cuando estoy solo, lejos de mi familia, no halla 33 contrapeso—, dependen del papel que represento. Cuando mi mujer vino a verme, con mis tres hijas, en febrero de 1924, se ocupó en mi ropa blanca, renovó mis vestidos, me proveyó de calcetines nuevos. Ahora están ya todos agujereados, deshechos, acaso para que pueda decirme lo que se dijo Don Quijote, mi Don Quijote, cuando vio que las mallas de sus medias se le habían roto, y fue: «¡Oh pobreza!, ¡pobreza!», con lo que sigue y comenté tan apasionadamente en mi Vida de Don Quijote y Sancho.

¿Es que represento una comedia, hasta para los míos? ¡Pero no! Es que mi vida y mi verdad son mi papel. Cuando se me desterró sin que se hubiera dicho —y sigo ignorándolo— la causa o siquiera el pretexto de mi destierro pedí a los míos, a mi familia, que ninguno de ellos me acompañara, que me dejasen partir solo. Tenía necesidad de soledad y además sabía que el verdadero castigo que aquellos tiranuelos cuarteleros me querían infligir eran obligarme a gastar mi dinero, castigarme en mis modestos bienes y de mis hijos, sabía que aquel destierro era una manera de confiscación y decidí restringir lo más posible mis gastos y hasta no pagarlos, que es lo que hice. Porque se podía confinarme en una isla desértica, pero no a mis expensas.

Pedí que se me dejara solo y comprendiéndome y queriéndome de veras —eran los míos al fin y yo de ellos— dejáronme solo. Y entonces al final de mi confinamiento en la isla, después que mi hijo mayor hubo venido, con su mujer, a juntárseme, presentóseme una dama —a la que acompañaba, para guardarla acaso, su hija— que me había puesto casi fuera de mí con su persecución epistolar. Acaso quería darme a entender que llegaba a hacer conmigo lo que los míos, mi mujer y mis hijos no habían hecho. Esa dama es mujer de letras y mi mujer, aunque escriba bien, no lo es. ¿Pero es que esa pobre mujer de letras, preocupada de su nombre y queriendo acaso unirlo al mío, me quiere más que mi Concha, la madre de mis ocho hijos y mi verdadera madre? Mi verdadera madre, sí. En un momento de suprema, de abismática congoja, cuando me vio en las garras del Ángel de la Nada, llorar con un llanto sobre–humano, me gritó desde el fondo de sus entrañas maternales, sobre–humanas, divinas, arrojándose en mis brazos: «¡Hijo mío!». Entonces descubrí todo lo que Dios hizo para mí en esta mujer, la madre de mis hijos, mi virgen madre, que no tiene otra novela que mi novela, ella, mi espejo de santa inconciencia divina, de eternidad. Es por lo que me dejó solo en mi isla mientras que la otra, la mujer de letras, la de su novela y no la mía, fue a buscar a mi lado emociones y hasta películas de cine.

Pero la pobre mujer de letras buscaba lo que busco, lo que busca todo escritor, todo historiador, todo novelista, todo político, todo poeta: vivir en la duradera y permanente historia, no morir. En estos días he leído a Proust, prototipo de escritores y de solitarios, y ¡qué tragedia la de su soledad! Lo que le acongoja, lo que le permite sondar los abismos de la tragedia humana es su sentimiento 34 de la muerte, pero de la muerte de cada instante, es que se siente morir momento a momento, que diseca el cadáver de su alma, y ¡con qué minuciosidad! ¡A la rebusca del tiempo perdido! Siempre se pierde el tiempo. Lo que se llama ganar tiempo es perderlo. El tiempo: he aquí la tragedia.

«Conozco esos dolores de artistas tratados por artistas; son la sombra del dolor y no su cuerpo», escribía Mazzini a su Judit el 2 de marzo de 1835. Y Mazzini era un artista; ni más ni menos que un artista. Un poeta y como político un poeta, nada más que un poeta. Sombra de dolor y no cuerpo. Pero ahí está el fondo de la tragedia novelesca, de la novela trágica de la historia: el dolor es sombra y no cuerpo; el dolor más doloroso, el que nos arranca gritos y lágrimas de Dios es sombra del tedio; el tiempo no es corporal. Kant decía que es una forma a priori de la sensibilidad. ¡Qué sueño el de la vida...! ¿Sin despertar?

[Esto de: ¿sin despertar? lo añado ahora, al re–escribir lo que escribí hace dos años. Y ahora, en estos días mismos de principios de junio de 1927, cuando la tiranía pretoriana española se ensoece más y el rufián que la representa vomita, casi a diario, sobre el regazo de España las heces de sus borracheras, recibo un número de La Gaceta Literaria de Madrid que consagran a don Luis de Góngora y Argote y al gongorismo los jóvenes culteranos y cultos de la castrada intelectualidad española. Y leo ese número aquí, en mis montañas, que Góngora llamó «del Pirineo la ceniza verde» (Soledades, II, 759), y veo que esos jóvenes «mucho Océano y pocas aguas prenden». Y el Océano sin aguas es acaso la poesía pura o culterana. Pero, en fin, «voces de sangre y sangre son del alma» (Soledades, II, 19) estas mis memorias, este mi relato de cómo se hace una novela.

Y ved cómo, yo, que execro del gongorismo, que no encuentro poesía, esto es creación, o sea acción, donde no hay pasión, donde no hay cuerpo y carne de dolor humano, donde no hay lágrimas de sangre, me dejo ganar de lo más terrible, de lo más anti–poético del gongorismo que es la erudición. «No es sordo el mar; la erudición engaña» (Soledades, II, 172), escribió, no pensó, Góngora y ahí se pinta.

Era un erudito, un catedrático de poesía, aquel clérigo cordobés... ¡Maldito oficio!

Y a todo esto me ha traído lo de los dolores de artistas de Mazzini combinado con el homenaje de los jóvenes culteranos de España a Góngora. Pero Mazzini, el de ¡Dios y el Pueblo!, era un patriota, era un ciudadano, era un hombre civil, ¿lo son esos jóvenes culteranos? Y ahora me percato de nuestro grande error de haber puesto la cultura sobre la civilización o mejor sobre la civilidad. ¡No, no, ante todo y sobre todo la civilidad!].

Y he aquí que por última vez volvemos a la historia de nuestro Jugo de la Raza.

El cual así que yo le haría volver a París trayéndose el libro fatídico se propondría el terrible problema de o acabar de leer la novela que se había convertido en su vida y morir en acabándola o renunciar a leerla y vivir, vivir, y por consiguiente morirse también. Una u otra muerte; en la historia o fuera de la historia. Y yo le habría hecho decir estas cosas en un monólogo que es una manera de darse vida:

«Pero esto no es más que una locura... El autor de esta novela se está burlando de mí... ¿O soy yo quien se está burlando de mí mismo? ¿Y por qué he de morirme cuando acabe de leer este libro y el personaje autobiográfico se muera? ¿Por qué no he de sobrevivirme a mí mismo? Sobrevivirme y examinar mi cadáver. Voy a continuar leyendo un poco hasta que al pobre diablo no le quede más que un poco de vida, y entonces, cuando haya previsto el fin, viviré pensando que le hago vivir. Cuando don Juan Valera, ya viejo, se quedó ciego, se negó a que le operasen y decía: «Si se me opera, pueden dejarme ciego definitivamente, para siempre, sin esperanza de recobrar la vista, mientras que si no me dejo operar podré vivir siempre con la esperanza de que una operación me curaría». No; no voy a continuar leyendo; voy a guardar el libro al alcance de la mano, a la cabecera de mi cama, mientras me duerma, y pensaré que podría leerlo si quisiera, pero sin leerlo. ¿Podré vivir así? De todos modos he de morirme pues que todo el mundo se muere»... [La expresión popular española es que todo dios se muere...].

Y en tanto Jugo de la Raza habría recomenzado a leer el libro sin terminarlo, leyéndolo muy lentamente, muy lentamente, sílaba a sílaba, deletreándolo, deteniéndose cada vez una línea más adelante que en la precedente lectura y para recomenzarla de nuevo. Que es como avanzar cien pasos de tortuga y retroceder noventa y nueve, avanzar de nuevo y volver a retroceder en igual proporción y siempre con el espanto del último paso.

Estas palabras que habría puesto en la boca de mi Jugo de la Raza, a saber: que todo el mundo se muere [o en español popular, que todo dios se muere], son una de las más grandes vulgaridades que cabe decir, el más común de todos los lugares comunes, y por lo tanto la más paradójica de las paradojas. Cuando estudiábamos lógica el ejemplo de silogismo que se nos presentaba era: «Todos los hombres son mortales; Pedro es hombre, luego Pedro es mortal». Y había este anti–silogismo, el ilógico: «Cristo es inmortal; Cristo es hombre, luego todo hombre es inmortal».

[Este anti–silogismo cuya premisa mayor es un término individual, no universal ni particular, pero que alcanza la máxima universalidad, pues si Cristo resucitó puede resucitar cualquier hombre, o como se diría en español 36 popular puede resucitar todo cristo, este anti–silogismo está en la base de lo que he llamado el sentimiento trágico de la vida y hace la esencia de la agonía del cristianismo. Todo lo cual constituye la divina tragedia.

¡La Divina Tragedia! Y no como el Dante, el creyente medieval, el proscripto gibelino, llamó a la suya: Divina Comedia. La del Dante era comedia, y no tragedia, porque había en ella esperanza. En el canto vigésimo del Paradiso hay un terceto que nos muestra la luz que brilla sobre esa comedia. Es donde dice que el reino de los cielos padece fuerza —según la sentencia evangélica — de cálido amor y de viva esperanza que vence a la divina voluntad:

«Regnum cœlorum» violenza pate
da caldo amore, e da viva speranza
che vince la divina volontate.
Y esto es más que poesía pura o que erudición culterana.

¡La viva esperanza vence a la divina voluntad! ¡Creer en esto sí que es fe y fe poética! ¡El que espere firmemente, lleno de fe en su esperanza, no morirse, no se morirá...! Y en todo caso los condenados del Dante viven en la historia y así, su condenación no es trágica, no es de divina tragedia, sino cómica. Sobre ellos, y a pesar de su condena, se sonríe Dios...].
¡Una vulgaridad! Y sin embargo el pasaje más trágico de la trágica correspondencia de Mazzini es aquel, fechado en 30 de junio de 1835, en que dice: «Todo el mundo se muere: Romagnosi se ha muerto, se ha muerto Pecchio, y Vitorelli, a quien creía muerto hace tiempo, acaba de morirse». Y acaso Mazzini se dijo un día: «Yo, que me creía muerto, voy a morirme». Como Proust.

¿Qué voy a hacer de mi Jugo de la Raza? Como esto que escribo, lector, es una novela verdadera, un poema verdadero, una creación, y consiste en decirte cómo se hace y no cómo se cuenta una novela, una vida histórica, no tengo por qué satisfacer tu interés folletinesco frívolo. Todo lector que leyendo una novela se preocupa de saber cómo acabarán los personajes de ella sin preocuparse de saber cómo acabará él, no merece que se satisfaga su curiosidad.

En cuanto a mis dolores, acaso incomunicables, digo lo que Mazzini el 15 de julio de 1834 escribía desde Grenchen a su Judit: «Hoy debo decirte para que no digas ya que mis dolores pertenecen a la poesía, como tú la llamas, que son tales realmente desde hace algún tiempo...». Y en otra carta, del 2 de junio del mismo año: «A todo lo que les es extraño le han llamado poesía; han llamado loco al poeta hasta volverle de veras loco; volvieron loco al Tasso, cometieron el suicidio de Chatterton y de otros; han llegado hasta ensañarse con los muertos, Byron, Foscolo, y otros, porque no siguieron sus caminos. ¡Caiga el desprecio sobre ellos! Sufriré pero no quiero renegar de mi alma; no quiero 37 hacerme malo para complacerles y me haría malo, muy malo si se me arrancara lo que llaman poesía puesto que a fuerza de haber prostituido el nombre de poesía con la hipocresía se ha llegado a dudar de todo. Pero para mí, que veo y llamo a las cosas a mi manera, la poesía es la virtud, es el amor, la piedad, el afecto, el amor de la patria, el infortunio inmerecido, eres tú, es tu amor de madre, es todo lo que hay de sagrado en la tierra...». No puedo continuar escuchando a Mazzini. Al leer eso el corazón del lector oye caer del cielo negro, de por encima de las nubes amontonadas en tormenta, los gritos de un águila herida en su vuelo cuando se bañaba en la luz del sol.

¡Poesía! ¡Divina poesía! ¡Consuelo que es toda la vida! Sí, la poesía es todo esto. Y es también la política. El otro gran proscrito, el más grande sin duda de todos los ciudadanos proscritos, el gibelino Dante, fue y es y sigue siendo un muy alto y muy profundo, un soberano poeta, y un político y un creyente. Política, religión y poesía fueron en él y para él una sola cosa, una íntima trinidad. Su ciudadanía, su fe y su fantasía le hicieron eterno.

[Y ahora, en el número de La Gaceta Literaria en que los jóvenes culteranos de España rinden un homenaje a Góngora y que acabo de recibir y leer, uno de esos jóvenes, Benjamín Jarnés, en un articulito que se titula culteranamente «Oro trillado y néctar exprimido» nos dice que «Góngora no apela al fuego fatuo de la azulada fantasía, ni a la llama oscilante de la pasión sino a la perenne luz de la tranquila inteligencia». ¿Y a esto le llaman poesía esos intelectuales? ¿Poesía sin fuego de fantasía ni llama de pasión? ¡Pues que se alimenten del pan hecho con ese oro trillado! Y luego añade que Góngora, «no tanto se propuso repetir un cuento bello cuanto inventar un bello idioma». ¿Pero es que hay idioma sin cuento ni belleza de idioma sin belleza de cuento?

Todo ese homenaje a Góngora, por las circunstancias en que se ha rendido, por el estado actual de mi pobre patria, me parece un tácito homenaje de servidumbre a la tiranía, un acto servil y en algunos, no en todos ¡claro!, un acto de pordiosería. Y toda esa poesía que celebran no es más que mentira. ¡Mentira, mentira, mentira...! El mismo Góngora era un mentiroso. Oíd cómo empieza sus Soledades el que dijo que «la erudición engaña». Así:

Era del año la estación florida
en que el mentido robador de Europa...

¡El mentido! ¿El mentido? ¿Por qué se creía obligado a decirnos que el robo de Europa por Júpiter convertido en toro es una mentira? ¿Por qué el erudito culterano se creía obligado a darnos a entender que eran mentiras sus ficciones? Mentiras y no ficciones. ¿Y es que él, el artista culterano, que era clérigo, sacerdote de la Iglesia Católica Apostólica Romana, creía en el Cristo a quien rendía culto público? ¿Es que al consagrar en la sagrada misa, no ejercía de culterano también? Me quedo con la fantasía y la pasión del Dante]. 38

Existen desdichados que me aconsejan dejar la política. Lo que ellos con un gesto de fingido desdén, que no es más que miedo, miedo de eunucos o de impotentes o de muertos, llaman política, y me aseguran que debería consagrarme a mis cátedras, a mis estudios, a mis novelas, a mis poemas, a mi vida. No quieren saber que mis cátedras, mis estudios, mis novelas, mis poemas son política. Que hoy, en mi patria, se trata de luchar por la libertad de la verdad, que es la suprema justicia, por libertar la verdad de la peor de las dictaduras, de la que no dicta nada, de la peor de las tiranías, la de la estupidez y la impotencia, de la fuerza pura y sin dirección. Mazzini, el hijo predilecto del Dante, hizo de su vida un poema, una novela mucho más poética que las de Manzoni, D'Azeglio, Grossi o Guerrazzi. Y la mayor parte y la mejor de la poesía de Lamartine y de Hugo vino de que eran, tan poetas como eran políticos. ¿Y los poetas que no han hecho jamás política? Habría que verlo de cerca y en todo caso

non raggionam di lor, ma guarda e passa.

Y hay otros, los más viles, los intelectuales por antomasia, los técnicos, los sabios, los filósofos. El 28 de junio de 1835, Mazzini escribía a su Judit: «En cuanto a mí lo dejo todo y vuelvo a entrar en mi individualidad, henchido de amargura por todo lo que más quiero, de disgusto hacia los hombres, de desprecio para con aquellos que recogen la cobardía en los despojos de la filosofía, lleno de altanería frente a todos, pero de dolor y de indignación frente a mí mismo, y al presente y al porvenir. No volveré a levantar las manos fuera del fango de las doctrinas. ¡Que la maldición de mi patria, de la que ha de surgir en el porvenir, caiga sobre ellos!».

¡Así sea! Así sea digo yo de los sabios, de los filósofos que se alimentan en España y de España, de los que no quieren gritos, de los que quieren que se reciba sonriendo los escupitajos de los viles, de los que más que viles, de los que se preguntan qué es lo que se va a hacer de la libertad. ¿Ellos? Ellos... venderla. ¡Prostitutos!

[Desde que escribí estas líneas, hace ya dos años, no he tenido ¡desgracia de Dios! sino motivos para corroborarme en el sentimiento que me las dictó. La degradación, la degeneración de los intelectuales —llamémoslos así— de España ha seguido. Sométense a la censura y aguantan en silencio las notas oficiosas con que Primo de Rivera está insultando casi a diario a la dignidad de la conciencia civil y nacional de España. Y siguen disertando de mandangas].

Voy a volver todavía, después de la última vez, después que dije que no volvería a ello, a mi Jugo de la Raza. Me preguntaba sí consumido por su fatídica ansiedad, teniendo siempre ante los ojos y al alcance de la mano el agorero libro y no atreviéndose a abrirlo y a continuar en él la lectura para 39 prolongar así la agonía que era su vida, me preguntaba si no le haría sufrir un ataque de hemiplejia o cualquier otro accidente de igual género. Si no le haría perder la voluntad y la memoria o en todo caso el apetito de vivir, de suerte que olvidara el libro, la novela, su propia vida y se olvidara de sí mismo. Otro modo de morir y antes de tiempo. Si es que hay un tiempo para morirse y se pueda morir fuera de él.

Esta solución me ha sido sugerida por los últimos retratos que he visto del pobre Francos Rodríguez, periodista, antiguo republicano y después ministro de don Alfonso. Está hemipléjico. En uno de esos retratos aparece fotografiado al salir de Palacio, en compañía de Horacio Echevarrieta, después de haber visto al Rey para invitarle a poner la primera piedra de la Casa de la Prensa, de cuya asociación es Francos presidente. Otro le representa durante la ceremonia a que asistía el Rey y a su lado. Su rostro refleja el espanto vaciado en carne. Y me he acordado de aquel otro pobre don Gumersindo Azcárate, republicano también, a quien ya inválido y balbuciente se le trasportaba a Palacio como un cadáver vivo. Y en la ceremonia de la primera piedra de la Casa de la Prensa, Primo de Rivera hizo el elogio de Pi y Margall, consecuente republicano de toda su vida, que murió en el pleno uso de sus facultades de ciudadano, que se murió cuando estaba vivo.

Pensando en esta solución que podría haber dado a la novela de mi Jugo de la Raza, si en lugar de hacerse ensayara contarla, he evocado a mi mujer y a mis hijos y he pensado que no he de morirme huérfano, que serán ellos, mis hijos, mis padres, y ellas, mis hijas, mis madres. Y sin un día el espanto del porvenir se vacía en la carne de mi cara, si pierdo la voluntad y la memoria, no sufrirán ellos, mis hijos y mis hijas, mis padres y mis madres, que los otros me rindan el menor homenaje y ni que me perdonen vengativamente, no sufrirán que ese trágico botarate, que ese monstruo de frivolidad que escribió un día que me querría exento de pasión —es decir, peor que muerto— haga mi elogio. Y si esto es comedia, es, como la del Dante, divina comedia.

[Al releer, volviendo a escribirlo, esto me doy cuenta, como lector de mí mismo, del deplorable efecto que ha de hacer eso de que no quiero que me perdonen. Es algo de una soberbia luzbelina y casi satánica, es algo que no se compadece con el «perdónanos nuestras deudas así como nosotros perdonamos a nuestros deudores». Porque si perdonamos a nuestros deudores, ¿por qué no han de perdonarnos aquellos a quienes debemos? Y que en el fragor de la pelea les he ofendido es innegable. Pero me ha envenenado el pan y el vino del alma el ver que imponen castigos injustos, inmerecidos, no más que en vista del indulto. Lo más repugnante de lo que llaman la regia prerrogativa de indulto es que más de una vez —de alguna tengo experiencia inmediata— el poder regio ha violentado a los tribunales de justicia, ha ejercido sobre ellos cohecho, para que condenaran injustamente al solo fin de poder luego infligir un rencoroso indulto. A lo que también obedece la absurda gravedad de la pena con que se agravan los supuestos delitos de injuria al rey, de lesa majestad].

Presumo que algún lector, al leer esta confesión cínica y a la que acaso repute de impúdica, esta confesión a lo Juan Jacobo, se revuelva contra mi doctrina de la divina comedia,

o mejor de la divina tragedia, y se indigne diciendo que no hago sino representar un papel, que no comprendo el patriotismo, que no ha sido seria la comedia de mi vida. Pero a este lector indignado lo que le indigna es que le muestro que él es, a su vez, un personaje cómico, novelesco y nada menos, un personaje que quiero poner en medio del sueño de su vida. Que haga del sueño, de su sueño, vida y se habrá salvado. Y como no hay nada más que comedia y novela que piense que lo que le parece realidad extra–escénica es comedia de comedia, novela de novela, que el nóumeno inventado por Kant es de lo más fenomenal que puede darse y la sustancia lo que hay de más formal. El fondo de una cosa es su superficie.

Y ahora, ¿para qué acabar la novela de Jugo? Esta novela y por lo demás todas las que se hacen y no que se contenta uno con contarlas, en rigor, no acaban. Lo acabado, lo perfecto, es la muerte y la vida no puede morirse. El lector que busque novelas acabadas no merece ser mi lector; él está ya acabado antes de haberme leído.

El lector aficionado a muertes extrañas, el sádico a la busca de eyaculaciones de la sensibilidad, el que leyendo La piel de zapa se siente desfallecer de espasmo voluptuoso cuando Rafael llama a Paulina: «Paulina, ¡ven!... Paulina» —y más adelante: «Te quiero, te adoro, te deseo...»—, y la ve rodar sobre el canapé medio desnuda, y la desea en su agonía, en su agonía que es su deseo mismo, a través de los sones estrangulados de su estertor agónico y que muerde a Paulina en el seno y que ella muere agarrada a él, ese lector querría que yo le diese de parecida manera el fin de la agonía de mi protagonista, pero si no ha sentido esa agonía en sí mismo, ¿para qué he de extenderme más? Además hay necesidades a que no quiero plegarme. Que se las arregle solo, como pueda, ¡solo y solitario!

A despecho de lo cual algún lector volverá a preguntarme: «Y bien, ¿cómo acaba este hombre?, ¿cómo le devora la historia». ¿Y cómo acabarás tu, lector? Si no eres más que lector, al acabar tu lectura, y si eres hombre, hombre como yo, es decir: comediante y autor de ti mismo, entonces no debes leer por miedo de olvidarte a ti mismo.

Cuéntase de un actor que recogía grandes aplausos cada vez que se suicidaba hipócritamente en escena y que una, la sola y última, en que lo hizo teatralmente pero verazmente, es decir, que no pudo ya volver a reanudar representación alguna, que se suicidó de veras, lo que se dice de veras, entonces fue silbado. Y habría sido más trágico aun si hubiera recogido risas o sonrisas. ¡La risa!, ¡la risa! ¡La abismática pasión trágica de nuestro señor Don Quijote! Y la de Cristo. Hacer reír con una agonía. «Si eres el rey de los judíos sálvate a ti mismo» (Lc. XXIII, 37).

«Dios no es capaz de ironía y el amor es una cosa demasiado santa, es demasiado la cosa más pura de nuestra naturaleza para que no nos venga de Él. Así, pues, o negar a Dios, lo que es absurdo, o creer en la inmortalidad». Así escribía desde Londres a su madre —¡a su madre!— el agónico Mazzini —¡maravilloso agonista!—, el 26 de junio de 1839, treinta y tres años antes de su definitiva muerte terrestre. ¿Y si la historia no fuese más que la risa de Dios? ¿Cada revolución una de sus carcajadas? Carcajadas que resuenan como truenos mientras los divinos ojos lagrimean de risa.

En todo caso y por lo demás no quiero morirme no más que para dar gusto a ciertos lectores inciertos. Y tú, lector, que has llegado hasta aquí, ¿es que vives?

CONTINUACIÓN

ASÍ acababa el relato de cómo se hace una novela que apareció en francés, en el número del 15 de mayo de 1926 del Mercure de France, relato escrito hace ya cerca de dos años. Y después ha continuado mi novela, historia, comedia, tragedia o como se quiera y ha continuado la novela, historia, comedia o tragedia de mi España, y la de toda Europa y la de la humanidad entera. Y sobre la congoja del posible acabamiento de mi novela, sobre y bajo ella, sigue acongojándome la congoja del posible acabamiento de la novela de la humanidad. En lo que se incluye, como episodio, eso que llaman el ocaso del Occidente y el fin de nuestra civilización.

¿He de recordar una vez más el fin de la oda de Carducci «Sobre el monte Mario»? Cuando nos describe lo de que «hasta que sobre el Ecuador recogida, a las llamadas del calor que huye, la extenuada prole no tenga más que una sola mujer, un solo hombre, que erguidos en medio de ruinas de montes, entre muertos bosques, lívidos, con los ojos vítreos, te vean sobre el inmenso hielo, ¡oh sol, ponerte!». Apocalíptica visión que me recuerda otra, por más cómica más terrible, que he leído en Courteline y que nos pinta el fin de los últimos hombres, recogidos en un buque, nueva arca de Noe, en un nuevo diluvio universal. Con los últimos hombres, con la última familia humana, va a bordo un loro; el buque empieza a hundirse, los hombres se ahogan, pero el loro trepa a lo más alto del maste mayor y cuando este último tope va a hundirse en las aguas el loro lanza al cielo un: «¡Liberté, Egalité, Fraternité!». Y así se acaba la historia.

A esto suelen llamarle pesimismo. Pero no es el pesimismo a que suele referirse el todavía rey de España —hoy 4 de junio de 1927— don Alfonso XIII cuando dice que hay que aislar a los pesimistas. Y por eso me aislaron unos meses en la isla de Fuerteventura, para que no contaminase mi pesimismo paradójico a mis compatriotas. Se me indultó luego de aquel confinamiento o aislamiento, a que se me llevó sin habérseme dado todavía la razón o siquiera el pretexto; me vine a Francia sin hacer caso del indulto y me fijé en París donde escribí el precedente relato y a fines de agosto de 1925 me vine de París acá, a Hendaya, a continuar haciendo novela de vida. Y es esta parte de mi novela la que voy ahora, lector, a contarte para que sigas viendo cómo se hace una novela.

Escribí lo que precede hace doce días y todo este tiempo lo he pasado, sin poner pluma en estas cuartillas, rumiando el pensamiento de cómo habría de terminar la novela que se hace. Porque ahora quiero acabarla, quiero sacar a mi Jugo de la Raza de la tremenda pesadilla de la lectura del libro fatídico, quiero llegar al fin de su novela como Balzac llegó al fin de la novela de Rafael Valentín. Y creo poder llegar a él, creo poder acabar de hacer la novela gracias a veintidós meses de Hendaya.

Renuncio desde luego a contarte, lector, con pormenores la historia de mi estancia aquí, mis aventuras de la frontera. Ya las contaré en otra parte. Y allí todas las maniobras de los abyectos tiranuelos de España para sacarme de aquí, para que el Gobierno de la República Francesa me interne. Allí contaré cómo se me invitó por el ministro del Interior, monsieur Schramek, a alejarme de la frontera porque mi estancia aquí podía crear «en la hora actual» —escrito el 6 de setiembre de 1925— «ciertas dificultades» y para «evitar todo incidente susceptible de perjudicar las buenas relaciones que existen entre Francia y España» y «para facilitar la tarea que se impone a las autoridades francesas»; como le contesté, escribiendo a la vez a monsieur Painlevé, mi amigo, presidente entonces del Consejo de Ministros y al señor Quiñones de León, embajador de don Alfonso ante la República Francesa, y les contesté negándome a abandonar este rincón de mi nativo país vasco y portería de España y lo que se siguió. Y fue que poco después, el 24 de setiembre, fue el mismo prefecto de los Bajos Pirineos el que desde Pau vino a verme y a convercerme, de parte de monsieur Painlevé, que abandonara la frontera. Volví a negarme, y la tiranía española, que ya descontaba el triunfo de mi internamiento, emprendió una campaña policíaca. Contaré cómo la policía española, dirigida por un tal Luis Fenoll, compró aquí, en un taller de Hendaya, unas pistolas, se fue con ellas a la raya fronteriza, por la parte de

Vera, fingió una escaramuza con una supuesta partida de comunistas —¡el coco!—, perdiéronse los policías, toparon con carabineros, y llevados a presencia del capitán don Juan Cueto, mi antiguo y entrañable amigo, el cabecilla policíaco Fenoll le declaró que llevaba, de parte del Directorio militar que regía España, una «alta misión política», que era la de provocar o más bien fingir un incidente de frontera, una invasión comunista, que justificase el que se me obligara a alejarme de la frontera. La tramoya fracasó por la lealtad del capitán Cueto, hoy procesado, que la delató, y por la torpeza característica de la policía, más ni aun así cejaron los abyectos tiranuelos de España —no quiero llamarles españoles— en su empeño de sacarme de aquí. Y algún día contaré las varias incidencias de esta lucha. Por ahora y para terminar con esta parte externa y casi diría aparencial de mi vida aquí sólo diré que hace poco más de un mes, el 16 del pasado mayo, recibí otra carta del señor prefecto de los Bajos Pirineos, desde Pau, en que me rogaba que pasase lo más pronto posible —le plus tôt possible— por su despacho para darme parte de una comunicación del señor ministro del Interior, a lo que contesté que no debiendo por muy graves razones especiales salir de Hendaya le rogaba que me enviase acá, y por escrito, la tal comunicación. Y hasta hoy. Bien presumí que no se atreverían a comunicarme nada por escrito, que queda, y por ello me resistí a la palabra que se la lleva el viento. Pero... ¿queda escrito? ¿Se lleva el viento la palabra? ¿Tiene la letra, el esqueleto, más esencia duradera, más eternidad, que el verbo, que la carne? Y heme aquí de nuevo en el centro, en el hondón de la vida íntima, del «hombre de dentro» que diría san Pablo (Efesios III, 15) en el tuétano de mi novela, de mi historia. Lo que me lleva a continuarla, a acabar de contarte, lector, cómo se hace una novela.

Por debajo de esos incidentes de policía, a la que los tiranuelos rebajan y degradan, la política, la santa política, he llevado y sigo llevando aquí, en mi destierro de Hendaya, en este fronterizo rincón de mi nativa tierra vasca, una vida íntima de política hecha religión y de religión hecha política, una novela de eternidad histórica. Unas veces me voy a la playa de Ondarraitz, a bañar la niñez eterna de mi espíritu en la visión de la eterna niñez de la mar que nos habla de antes de la historia o mejor de debajo de ella, de su sustancia divina, y otras veces remontando el curso del Bidasoa lindero paso junto a la isleta de los Faisanes donde se concertó el casamiento de Luis XIV de Francia con la infanta de España María Teresa, hija de nuestro Felipe IV, el de Habsburgo, y se firmó el pacto de Familia —«¡ya no hay Prineos!», se dijo, como si con pactos así se abatiera montañas de roca milenaria—, y voy a la aldea de Biriatu, remanso de paz. Allí, en Biriatu, me siento un momento al pie de la iglesiuca, frente al caserío de Muniorte donde la tradición local dice que viven descendientes bastardos de Ricardo Plantagenet, duque de Aquitania, que habría sido rey de Inglaterra, el famoso Príncipe Negro que fue a ayudar a don Pedro el Cruel de Castilla, y contemplo la encañada del Bidasoa, al pie del

Choldocogaña, tan llena de recuerdos de nuestras contiendas civiles, por donde corre más historia que agua, y envuelvo mis pensamientos de proscrito en el aire tamizado y húmedo de nuestras montañas maternales. Alguna vez me llego a Urruña, cuyo reló nos dice que todas las horas hieren y la última mata —vulnerant omnes, ultima necat—, o más allá, a San Juan de Luz, en cuya iglesia matriz se casó Luis XIV con la infanta de España tapiándose luego la puerta por donde entraron a la boda y salieron de ella. Y otras veces me voy a Bayona, que me reinfantiliza, que me restituye a mi niñez bendita, a mi eternidad histórica, porque Bayona me trae la esencia de mi Bilbao de hace más de cincuenta años, del Bilbao que hizo mi niñez y al que mi niñez hizo. El contorno de la catedral de Bayona me vuelve a la basílica de Santiago de Bilbao, a mi basílica. ¡Hasta la fuente aquella monumental que tiene al lado! Y todo esto me ha llevado a ver el final de la novela de mi Jugo.

Mi Jugo se dejaría al cabo del libro, renunciaría al libro fatídico, a concluir de leerlo. En sus correrías por los mundos de Dios para escapar de la fatídica lectura iría a dar a su tierra natal, a la de su niñez, y en ella se encontraría con su niñez misma, con su niñez eterna, con aquella edad en que aún no sabía leer, en que todavía no era hombre de libro. Y en esa niñez encontraría su hombre interior, el eso anthropos. Porque nos dice san Pablo en los versillos 14 y 15 de la Epístola a los Efesios que, «por eso doblo mis rodillas ante el Padre, por quien se nombra todo lo paterno» —podría sin gran violencia traducirse: «toda patria»— «en los cielos y en la tierra, para que os dé según la riqueza de su gloria el robusteceros con poder, por su espíritu, en el hombre de dentro...». Y este hombre de dentro se encuentra en su patria, en su eterna patria, en la patria de su eternidad, al encontrarse con su niñez, con su sentimiento —y más que sentimiento, con su esencia de filialidad, al sentirse hijo y descubrir al padre. O sea sentir en sí al padre.

Precisamente en estos días ha caído en mis manos y como por divina, o sea paternal, providencia, un librito de Juan Hessen, titulado Filialidad de Dios (Gottes Kind schat), y en él he leído: «Debería por eso quedar bien claro que es siempre y cada vez el niño quien en nosotros cree. Como el ver es una función de la vista así el creer en una función del sentido infantil. Hay tanta potencia de creer en nosotros cuanta infantilidad tengamos». Y no deja Hessen ¡claro está! de recordarnos aquello del Evangelio de san Mateo (XVIII, 3) cuando el Cristo, el Hijo del Hombre, el Hijo del Padre, decía: «en verdad os digo que si no os volvéis y os hacéis como niños no entraréis en el reino de los cielos». «Si no os volvéis» dice. Y por eso le hago yo volverse a mi Jugo.

Y el niño, el hijo, descubre al padre. En los versillos 14 y 15 del capítulo VIII de la Epístola a los Romanos —y tampoco deja de recordarlo Hessen— san Pablo nos dice que «cuantos son llevados por el espíritu de Dios éstos son hijos de Dios; pues no recibiréis ya espíritu de servidumbre otra vez para temor, sino que recibiréis espíritu de ahijamiento en que clamemos: ¡abbá, padre!». O sea: ¡papá! Yo no recuerdo cuando decía «¡papá!» antes de empezar a leer y a escribir; es un momento de mi eternidad que se me pierde en la bruma oceánica de mi pasado. Murió mi padre cuando yo apenas había cumplido los seis años y toda imagen suya se me ha borrado de la memoria, sustituida —acaso borrada— por las imágenes artísticas o artificiales, las de retratos; entre otras un daguerreotipo de cuando era un mozo, no más que hijo él a su vez. Aunque no toda imagen suya se me ha borrado, sino que confusamente, en niebla oceánica, sin rasgos distintos, aun le columbro en un momento en que se me reveló, muy niño yo, el misterio del lenguaje. Era que había en mi casa paterna de Bilbao una sala de recibo, santuario litúrgico del hogar, a donde no se nos dejaba entrar a los niños, no fuéramos a manchar su suelo encerado o arrugar las fundas de los sillones. Del techo pendía un espejo de bola donde uno se veía pequeñito y deformado y de las paredes colgaban unas litografías bíblicas, una de las cuales representaba —¡me parece estarla viendo!— a Moisés sacando con un varita agua de la roca como yo ahora saco estos recuerdos de la roca de la eternidad de mi niñez. Junto a la sala un cuarto oscuro donde se escondía la Marmota, ser misterioso y enigmático. Pues bien un día en que logré yo entrar en la vedada y litúrgica sala de recibo, me encontré a mi padre —¡papá!—, que me acogió en sus brazos, sentado en uno de los sillones enfundados, frente a un francés, a un señor Legorgeux —a quien conocí luego— y hablando en francés. Y qué efecto pudo producir en mi infantil conciencia —no quiero decir sólo fantasía, aunque acaso fantasía y conciencia sean uno y lo mismo— el oír a mi padre, a mi propio padre —¡papá!— hablar en una lengua que me sonaba a cosa extraña y como de otro mundo, que es aquella impresión la que me ha quedado grabada, la del padre que habla una lengua misteriosa y enigmática. Que el francés era entonces para mí lengua de misterio.

Descubrí al padre —¡papá!— hablando una lengua de misterio y acaso acariciándome en la nuestra. ¿Pero descubre el hijo al padre? ¿O no es más bien el padre el que descubre al hijo? ¿Es la filialidad que llevamos en las entrañas la que nos descubre la paternidad o no es más bien la paternidad de nuestras entrañas la que nos descubre nuestra filialidad? «El niño es el padre del hombre» ha cantado para siempre Wordsworth, pero ¿no es el sentimiento —¡qué pobre palabra!— de paternidad, de perpetuidad hacia el porvenir, el que nos revela el sentimiento de filialidad, de perpetuidad hacia el pasado? ¿No hay acaso un sentido oscuro de perpetuidad hacia el pasado, de preexistencia, junto al sentido de perpetuidad hacia el futuro, de per–existencia o sobre–existencia? Y así se explicaría que entre los indios, pueblo infantil, filial, haya más que la creencia, la vivencia, la experiencia íntima de una vida —o mejor, una sucesión de vidas— prenatal como entre nosotros, los occidentales, hay la creencia, en muchos la vivencia, la experiencia íntima, el deseo, la esperanza vital, la fe en una vida de tras la muerte. Y ese nirvana a que los indios se encaminan —y no hay más que el camino— ¿es algo distinto de la oscura vida natal intra–uterina, del sueño sin ensueños, pero con inconciente sentir de vida, de antes del nacimiento pero despés de la concepción? Y he aquí por qué cuando me pongo a soñar en una experiencia mística a contratiempo, o mejor a arredrotiempo, le llamo al morir desnacer y la muerte es otro parto.

«¡Padre, en tus manos pongo mi espíritu!», clamó el Hijo (Lucas XXIII, 46) al morirse, al desnacer, en el parto de la muerte. O según otro Evangelio (Juan XIX, 30) clamó: ¡tetélestai! «¡queda cumplido!».

«¡Queda cumplido!» suspiró y doblando
la cabeza —follaje nazareno—
en las manos de Dios puso el espíritu;
lo dio a luz;
que así Cristo nació sobre la cruz;
y al nacer se soñaba a arredrotiempo
cuando sobre un pesebre
murió en Belén
allende todo mal y todo bien.

«¡Queda cumplido!», y «¡en tus manos pongo mi espíritu!». ¿Y qué es lo que así quedó cumplido? ¿Y qué fue ese espíritu que así puso en manos del Padre, en manos de Dios? Quedó cumplida su obra y su obra fue su espíritu. Nuestra obra es nuestro espíritu y mi obra soy yo mismo que me estoy haciendo día a día y siglo a siglo, como tu obra eres tú mismo, lector que te estás haciendo momento a momento, ahora oyéndome como yo hablándote. Porque quiero creer que me oyes más que me lees como yo te hablo más que te escribo. Somos nuestra propia obra. Cada uno es hijo de sus obras quedó dicho y lo repitió Cervantes, hijo del Quijote, pero ¿no es uno también padre de sus obras? Y Cervantes padre del Quijote: de donde uno, sin conceptismo, es padre e hijo de sí mismo y su obra el espíritu santo. Dios mismo para ser Padre se nos enseña que tuvo que ser Hijo y para sentirse nacer como Padre bajó a morir como Hijo. «Se va al Padre, por el Hijo», se nos dice en el cuarto Evangelio (XIV, 6), y que quien ve al Hijo ve al Padre (XIV, 8), y en Rusia se le llama al Hijo «nuestro padrecito Jesús».
De mí sé decir que no descubrí de veras mi esencia filial, mi eternidad de filialidad, hasta que no fui padre, hasta que no descubrí mi esencia paternal. Es cuando llegué al hombre de dentro, al eso anthropos, padre e hijo. Entonces me sentí hijo, hijo de mis hijos e hijo de la madre de mis hijos. Y éste es el eterno misterio de la vida. El terrible Rafael de Valentín de La piel de zapa de Balzac se muere, consumido de deseos, en el seno de Paulina y estertorando, en las ansias de la agonía, «te quiero, te adoro, te deseo...», pero no desnace ni 47

renace porque no es en el seno de madre, de madre de sus hijos, de su madre, donde acaba su novela. ¿Y después de esto en mi novela de Jugo le he de hacer acabarse en la experiencia de la paternidad filial, de la filialidad paternal?

Pero hay otro mundo, novelesco también; hay otra novela. No la de la carne, sino la de la palabra, la de la palabra hecha letra. Y ésta es propiamente la novela que como la historia, empieza con la palabra o propiamente con la letra pues sin el esqueleto no se tiene en pie la carne. Y aquí entra lo de la acción y la contemplación, la política y la novela. La acción es contemplativa, la contemplación es activa; la política es novelesca y la novela es política. Cuando mi pobre Jugo errando por los bordes —no se les puede llamar riberas — del Sena dio con el libro agorero y se puso a devorarlo y se ensimismó en él, convirtiose en un puro contemplador, en un mero lector, lo que es algo absurdo e inhumano; padecía la novela pero no la hacía. Y yo quiero contarte, lector, cómo se hace una novela, cómo haces y has de hacer tú mismo tu propia novela. El hombre de dentro, el intra–hombre, cuando se hace lector, contemplador, si es viviente ha de hacerse lector, contemplador del personaje a quien va a la vez que leyendo, haciendo; creando; contemplador de su propia obra. El hombre de dentro, el intra–hombre —y éste es más divino que el tras– hombre o sobre–hombre nietzscheniano—, cuando se hace lector hácese por lo mismo autor, o sea actor; cuando lee una novela se hace novelista, cuando lee historia, historiador. Y todo lector que sea hombre de dentro, humano, es, lector, autor de lo que lee y está leyendo. Esto que ahora lees aquí, lector, te lo estás diciendo tú a ti mismo y es tan tuyo como mío. Y si no es así es que ni lo lees. Por lo cual te pido perdón, lector mío, por aquella más que impertinencia, insolencia que te solté de que no quería decirte como acaba la novela de mi Jugo, mi novela y tu novela. Y me pido perdón a mí mismo por ello.

¿Me has comprendido, lector? Y si te dirijo así esta pregunta es para poder colocar a seguida lo que acabo de leer en un libro filosófico italiano —una de mis lecturas de azar—, Le sorgenti irrazionali del pensiero, de Nicola Abbagnano, y es esto: «Comprender no quiere decir penetrar en la intimidad del pensamiento ajeno, sino tan sólo traducir en el propio pensamiento, en la propia verdad, la soterraña experiencia en que se funde la vida propia y la ajena». Pero, ¿no es esto acaso penetrar en la entraña del pensamiento de otro? Si yo traduzco en mi propio pensamiento la soterraña experiencia en que se funden mi vida y tu vida, lector, o si tú la traduces en el propio tuyo, si nos llegamos a comprender mutuamente, a prendernos conjuntamente ¿no es que he penetrado yo en la intimidad de tu pensamiento a la vez que penetrabas tú en la intimidad del tuyo y que no es ni mío ni tuyo sino común de los dos? ¿No es acaso que mi hombre de dentro, mi intra–hombre, se toca y hasta se une con tu hombre de dentro, con tu intra–hombre de modo que yo viva en ti y tú en mí?

Y no te sorprenda el que así te meta mis lecturas de azar y te meta en ellas. Gusto de las lecturas de azar, del azar de las lecturas, a las que caen, como gusto de jugar todas las tardes, después de comer, el café aquí, en el Grand Café de Hendaya, con otros tres compañeros, y al tute. ¡Gran maestro de vida de pensamiento el tute! Porque el problema de la vida consiste en saber aprovecharse del azar, en darse maña para que no le canten a uno las cuarenta, si es que no tute de reyes o de caballos, o en cantarlos uno cuando el azar se los trae. ¡Qué bien dice Montesinos en el Quijote: «paciencia y barajar»! ¡Profundísima sentencia de sabiduría quijotesca! ¡Paciencia y barajar! Y mano y vista prontas al azar que pasa. ¡Paciencia y barajar! Que es lo que hago aquí, en Hendaya, en la frontera, yo con la novela política de mi vida —y con la religiosa—: ¡paciencia y barajar! Tal es el problema.

Y no me saltes diciendo, lector mío —¡y yo mismo, como lector de mí mismo! —, que en vez de contarte, según te prometí, cómo se hace una novela, te vengo planteando problemas y lo que es más grave problemas metapolíticos y religiosos. ¿Quieres que nos detengamos un momento en esto del problema? Dispensa a un filólogo helenista que te explique la novela, o sea la etimología, de la palabra problema. Que es el sustantivo que representa el resultado de la acción de un verbo, proballein, que significa echar o poner por delante, presentar algo, y equivale al latino proiicere, proyectar, de donde problema viene a equivaler a proyecto. Y el problema, ¿proyecto de qué es? ¡De acción! El proyecto de un edificio es proyecto de construcción. Y un problema presupone no tanto una solución, en el sentido analítico, o disolutivo, cuanto una construcción, una creación. Se resuelve haciendo. O dicho en otros términos, un proyecto se resuelve en un trayecto, un problema en un metablema, en un cambio. Y sólo con la acción se resuelven problemas. Acción que es contemplativa como la contemplación es activa, pues creer que se pueda hacer política sin novela o novela sin política es no saber lo que se quiere creer.

Gran político de acción, tan grande como Pericles, fue Tucídides, el maestro de Maquiavelo, el que nos dejó «para siempre» —«¡para siempre!»: es su frase y su sello— la historia de la guerra del Peloponeso. Y Tucídides hizo a Pericles tanto como Pericles a Tucídides. Dios me libre de comparar al rey don Alfonso XIII, al botarate de Primo de Rivera o al epiléptico Martínez Anido, tiranuelos de España, con un Pericles, con un Cleón o con un Alcibiades, pero estoy penetrado de que yo, Miguel de Unamuno, les he hecho hacer y decir no pocas cosas y entre ellas muchas tonterías. Si ellos me hacen pensar y hacerme en mi pensamiento —que es mi obra y mi acción— yo les hago obrar y acaso pensar. Y entre tanto ellos y yo vivimos.

Y así es, lector, como se hace para siempre una novela.
Terminado el viernes 17 de junio de 1927 en Hendaya,
Bajos Pirineos, frontera entre Francia y España.

Martes 21.

¿Terminado? ¡Qué pronto escribí eso! ¿Es que se puede terminar algo, aunque sólo sea una novela, de cómo se hace una novela? Hace ya años, en mi primera mocedad, oía hablar a mis amigos wagnerianos de melodía infinita. No sé bien lo que es esto, pero debe de ser como la vida y su novela, que nunca terminan. Y como la historia.

Porque hoy me llega un número de La Prensa de Buenos Aires, el del 22 de mayo de este año y en él un artículo de Azorín sobre Jacques de Lacretelle. Éste envió a aquél un librito suyo titulado Aparte y Azorín lo comenta. «Se compone —nos dice éste hablándonos del librito de Lacretelle (no de De Lacretelle, amigos argentinos)— de una novelita titulada Cólera, de un "Diario" en que el autor explica cómo ha compuesto la dicha novela y de unas páginas filosóficas, críticas, dedicadas a evocar la memoria de Juan Jacobo Rousseau en Ermenonville».

No conozco el librito de J. de Lacretelle —o de Lacretelle— más que por este artículo de Azorín, pero encuentro profundamente significativo y simbólico el que un autor que escribe un Diario para explicar cómo ha compuesto una novela evoque la memoria de Rousseau, que se pasó la vida explicándonos cómo se hizo la novela de esa su vida, o sea su vida representativa, que fue una novela.

Añade luego Azorín:

«De todos estos trabajos, el más interesante, sin duda, es el «Diario de cólera», es decir, las notas que, si no día por día, al menos muy frecuentemente, ha ido tomando el autor sobre el desenvolvimiento de la novela que llevaba entre manos. Ya se ha escrito, recientemente, otro diario de esta laya; me refiero al libro que el sutilísimo y elegante André Gide ha escrito para explicar la génesis y proceso de cierta novela suya. El género debiera propagarse. Todo novelista, con motivo de una novela suya, podría escribir otro libro —novela veraz, auténtica— para dar a conocer el mecanismo de su ficción. Cuando yo era niño —supongo que ahora pasa lo mismo— me interesaban mucho los relojes; mi padre o alguno de mis tíos solía enseñarme el suyo; yo lo examinaba con cuidado, con admiración; lo ponía junto a mi oído; escuchaba el precipitado y perseverante tictac; veía cómo el minutero avanzaba con mucha lentitud; finalmente, después de visto todo lo exterior de la muestra, mi padre o mi tío levantaba —con la uña o con un cortaplumas— la tapa posterior y me enseñaba el complicado y sutil organismo... Los novelistas que ahora hacen libros para explicar el mecanismo de su novela, para hacer ver cómo 50 ellos proceden al escribir, lo que hacen, sencillamente, es levantar la tapa del reló. El reló del señor Lacretelle es precioso; no sé cuántos rubíes tiene la maquinaria; pero todo ello es pulido, brillante. Contemplémosla y digamos algo de lo que hemos observado».

Lo que merece comentario:

Lo primero, que la comparación del reló está muy mal traída, y responde a la idea del «mecanismo de su ficción». Una ficción de mecanismo, mecánica, no es ni puede ser novela. Una novela, para ser viva, para ser vida, tiene que ser como la vida misma organismo y no mecanismo. Y no sirve levantar la tapa del reló. Ante todo porque una verdadera novela, una novela viva, no tiene tapa, y luego porque no es maquinaria lo que hay que mostrar, sino entrañas palpitantes de vida, calientes de sangre. Y eso se ve fuera. Es como la cólera que se ve en la cara y en los ojos y sin necesidad de levantar tapa alguna.

El relojero, que es un mecánico, puede levantar la tapa del reló para que el cliente vea la maquinaria, pero el novelista no tiene que levantar nada para que el lector sienta la palpitación de las entrañas del organismo vivo de la novela, que son las entrañas mismas del novelista, del autor. Y las del lector identificado con él por la lectura.

Mas por otra parte el relojero conoce reflexivamente, críticamente, el mecanismo del reló, pero el novelista, ¿conoce así el organismo de su novela? Si hay tapa en ésta la hay para el novelista mismo. Los mejores novelistas no saben lo que han puesto en sus novelas. Y si se ponen a hacer un diario de cómo las han escrito es para descubrirse a sí mismos. Los hombres de diario o de autobiografías y confesiones, san Agustín, Rousseau, Amiel, se han pasado la vida buscándose a sí mismos —buscando a Dios en sí mismos—, y sus diarios, autobiografías o confesiones no han sido sino la experiencia de esa rebusca. Y esa experiencia no puede acabar sino con su vida.

¿Con su vida? ¡Ni con ella! Porque su vida íntima, entrañada, novelesca, se continúa en la de sus lectores. Así como empezó antes. Porque nuestra vida íntima, entrañada, novelesca, ¿empezó con cada uno de nosotros? Pero de esto ya he dicho algo y no es cosa de volver a lo dicho. Aunque ¿por qué no? Es lo propio del hombre del diario, del que confiesa, el repetirse. Cada día suyo es el mismo día.

Y ¡ojo con caer en el diario! El hombre que da en llevar un diario —como Amiel— se hace el hombre del diario, vive para él. Ya no apunta en su diario lo que a diario piensa sino que lo piensa para apuntarlo. Y en el fondo ¿no es lo mismo? Juega uno con eso del libro del hombre y el hombre del libro, pero ¿hay hombres que no sean de libro? Hasta los que no saben ni leer ni escribir. Todo hombre, verdaderamente hombre, es hijo de una leyenda, escrita u oral.

Y no hay más que leyenda, o sea novela.

Quedamos, pues, en que el novelista que cuenta cómo se hace una novela cuenta cómo se hace un novelista, o sea cómo se hace un hombre. Y muestra sus entrañas humanas, eternas y universales, sin tener que levantar tapa alguna de reló. Esto de levantar tapas de reló se queda para literatos que no son precisamente novelistas.

¡Tapa de reló! Los niños despanzurran a un muñeco, y más si es de mecanismo, para verle las tripas; para ver lo que lleva dentro. Y, en efecto, para darse cuenta de cómo funciona un muñeco, un fantoche, un homun culus mecánico, hay que despanzurrarle, hay que levantar la tapa del reló. Pero ¿un hombre histórico?, ¿un hombre de verdad?, ¿un actor del drama de la vida?, ¿un sujeto de novela? Éste lleva las entrañas en la cara. O dicho de otro modo, su entraña —intranea— lo de dentro, es su extraña —extranea—, lo de fuera; su forma es su fondo. Y he aquí por qué toda expresión de un hombre histórico verdadero es autobiográfica. Y he aquí por qué un hombre histórico verdadero no tiene tapa. Aunque sea hipócrita. Pues precisamente son los hipócritas los que más llevan las entrañas en la cara. Tienen tapa pero es de cristal.

Jueves 30–VI.

Acabo de leer que como Federico Lefrevre, el de las conversaciones con hombres públicos para publicarlas en Les Nouvelles Litteraires —a mí me sometió a una—, le preguntara a Jorge Clemenceau, el mozo de ochenta y cinco años, si se decidiría a escribir sus memorias, éste le contestó: «¡Jamás!, la vida está hecha para ser vivida y no para ser contada». Y, sin embargo, Clemenceau, en su larga vida quijotesca de guerrillero de la pluma, no ha hecho sino contar su vida.

Contar la vida ¿no es acaso un modo, y tal vez el más profundo, de vivirla? ¿No vivió Amiel su vida íntima contándola? ¿No es su Diario su vida? ¿Cuándo se acabará esa contraposición entre acción y contemplación? ¿Cuándo se acabará de comprender que la acción es contemplativa y la contemplación es activa?

Hay lo hecho y hay lo que se hace. Se llega a lo invisible de Dios por lo que está hecho —per ea quæ facta sunt, según la versión latina canónica, no muy ceñida al original griego, de un pasaje de san Pablo (Rom. I, 20)—, pero ése es el camino de la naturaleza, y la naturaleza es muerta. Hay el camino de la historia, y la historia es viva; y el camino de la historia es llegar a lo invisible de Dios, a sus misterios, por lo que se está haciendo, per ea quæ fiunt. No por poemas —que es la expresión precisa pauliniana— sino por poesías; no por entendimiento, sino por intelección, o mejor por intención— propiamente 52 intensión. (¿Por qué ya que tenemos extensión e intensidad no hemos de tener intensión y extensidad?).

Vivo ahora y aquí mi vida contándola. Y ahora y aquí es de la actualidad, que sustenta y funde a la sucesión del tiempo así como la eternidad la envuelve y junta.

Domingo 3–VII.

Leyendo hoy una historia de la mística filosófica de la Edad Media he vuelto a dar con aquella sentencia de san Agustín en sus Confesiones donde dice (lib. 10, c. 33, n. 50) que se ha hecho problema en sí mismo: mihi quæstio factus sum —porque creo que es por problema como hay que traducir quæstio. Y yo me he hecho problema, cuestión, proyecto de mí mismo. ¿Cómo se resuelve esto? Haciendo del proyecto, del problema metablema; luchando. Y así luchando, civilmente, ahondando en mí mismo como problema, cuestión, para mí, trascenderé de mí mismo, y hacia dentro, concentrándome para irradiarme, y llegaré al Dios actual, al de la historia.

Hugo de San Víctor, el místico del siglo XII, decía que subir a Dios era entrarse en sí mismo y no sólo entrar en sí sino pasarse de sí mismo, en lo más adentro —in intimis etiam seipsum transire— de cierto inefable modo, y que lo más íntimo es lo más cercano, lo supremo y eterno. Y a través de mí mismo, traspasándome, llego al Dios de mi España en esta experiencia del destierro.

Lunes 4–VII.

Ahora que ha venido mi familia y me he establecido con ella, para los meses de verano, en una villa, fuera del hotel, he vuelto a ciertos hábitos familiares, y entre ellos a entretenerme haciendo, entre los míos, solitarios a la baraja, lo que aquí, en Francia, llaman patience.

El solitario que más me gusta es uno que deja un cierto margen al cálculo del jugador, aunque no sea mucho. Se colocan los naipes en ocho filas de cinco en sentido vertical —o sea cinco filas de ocho en sentido horizontal, claro que en el significado abusivo en que se llama vertical y horizontal en un plano horizontal— y se trata de sacar desde abajo los ases y los doses poniendo las 32 cartas que quedan en cuatro filas verticales de mayor o menor y sin que sigan dos de un mismo palo,

o sea que a una sota de oros, por ejemplo, no debe seguir un siete de oros también sino de cualquiera de los otros tres palos. El resultado depende en parte de cómo se empiece; hay que saber, pues, aprovechar el azar. Y no es otro el arte de la vida en la historia.

Mientras sigo el juego, ateniéndome a sus reglas, a sus normas, con la más escrupulosa conciencia normativa, con un vivo sentimiento del deber, de la obediencia a la ley que me he creado —el juego bien jugado es la fuente de la conciencia moral—, mientras sigo el juego es como si una música silenciosa brezara mis meditaciones de la historia que voy viviendo y haciendo. Y mientras manejo reyes, caballos, sotas y ases pasan en el hondón de mi conciencia, y sin yo darme entera cuenta, el rey, los tiranuelos pretorianos de mi patria, sus sayones y ministriles, los obispos y toda la baraja de la farsa de la dictadura. Y me chapuzo en el juego y juego con el azar. Y si no resulta una jugada vuelvo a mezclar los naipes y a barajarlos. Lo que es un placer.

Barajar los naipes es algo, en otro plano, como ver romperse las olas de la mar en la arena de la playa. Y ambas cosas nos hablan de la naturaleza en la historia, del azar en la libertad.

Y no me impaciento si la jugada tarda en resolverse y no hago trampas. Y ello me enseña a esperar que se resuelva la jugada histórica de mi España, a no impacientarme por su solución, a barajar y tener paciencia en este otro juego solitario y de paciencia. Los días vienen y se van como vienen y se van las olas de la mar; los hombres vienen y se van —a las veces se van y luego vienen— como vienen y se van los naipes y este vaivén es la historia. Allá a lo lejos, sin que yo concientemente lo oiga, resuena, en la playa, la música de la mar fronteriza. Rompen en ella las olas que han venido lamiendo costa de España.

Y ¡qué de cosas me sugieren los cuatro reyes, con sus cuatro sotas, los de espadas, bastos, oros y copas, caudillos de las cuatro filas del orden vencedor! ¡El orden!

¡Paciencia, pues, y barajar!

Martes 5–VII.

Sigo pensando en los solitarios, en la historia. El solitario es el juego del azar. Un buen matemático podría calcular la probabilidad que hay de que salga o no una jugada. Y si se ponen dos sujetos en competencia a resolverlas lo natural es que en un mismo juego obtengan el mismo tanto por ciento de soluciones. Mas la competencia debe ser a quién resuelve más jugadas en igual tiempo. Y la ventaja del buen jugador de solitarios no que juegue más deprisa sino que abandone más jugadas apenas empezadas y en cuanto prevé que no tienen solución. En el arte supremo de aprovechar el azar la superioridad del jugador consiste en resolverse a abandonar a tiempo la partida para poder empezar otra. Y lo mismo en la política y en la vida.

Miércoles 6–VII.

¿Es que voy a caer en aquello de nulla dies sine linea, ni un día sin escribir algo para los demás —ante todo para sí mismo— y para siempre? Para siempre de sí mismo, se entiende. Esto es caer en el hombre del diario. ¿Caer? ¿Y qué es caer? Lo sabrán esos que hablan de decadencia. Y de ocaso. Porque ocaso, ocasus, de occidere, morir, es un derivado de cadere, caer. Caer es morirse.

Lo que me recuerda aquellos dos inmortales héroes —héroes, ¡sí!— del ocaso de Flaubert, modelo de novelistas —¡qué novela su Correspondencia!—, los que le hicieron cuando decaía para siempre. Que fueron Bouvard y Pécuchet. Y Bouvard y Pécuchet, después de recorrer todos los rincones del espíritu universal acabaron en escribientes. ¿No sería lo mejor que acabase la novela de mi Jugo de la Raza haciéndole que abandonada la lectura del libro fatídico se dedique a hacer solitarios y haciendo solitarios esperar que se le acabe el libro de la vida? De la vida y de la vía, de la historia que es camino.

Vía y patria, que decían los místicos escolásticos, o sea: historia y visión beatífica. Pero, ¿son cosas distintas? ¿No es ya patria el camino? Y la patria, la celestial y eterna se entiende, la que no es de este mundo, el reino de Dios cuyo advenimiento pedimos a diario —los que lo pedimos—, esa patria ¿no seguirá siendo camino?

Mas, en fin, ¡hágase su voluntad así en la tierra como en el cielo! O como cantó Dante, el gran proscrito:

E'n la sua volontate è nostra pace.
Paradiso, III, 85.
E pur si muove! ¡Ay, que no hay paz sin guerra!

Jueves 7–VII.
El camino, sí, la vía, que es la vida, y pasársela haciendo solitarios —tal la novela—. Pero los solitarios son solitarios, para uno mismo solo; no participan de ellos los demás. Y la patria que hay tras de ese camino de solitarios, una patria de soledad —de soledad y de vacío—. Cómo se hace una novela, ¡bien! Pero ¿para qué se hace? Y el para qué es el porqué. ¿Por qué o sea para qué se hace una novela? Para hacerse el novelista. ¿Y para qué se hace el novelista? Para hacer al lector, para hacerse uno con el lector. Y sólo haciéndose uno el novelador y el lector de la novela se salvan ambos de su soledad radical.

En cuanto se hacen uno se actualizan y actualizándose se eternizan.

Los místicos medievales, san Buenaventura, el franciscano, lo acentuó más que otro, distinguen entre lux, luz, y lumen, lumbre. La luz queda en sí; la lumbre es la que se comunica. Y un hombre puede lucir —y lucirse—, alumbrar— y alumbrarse.

Un espíritu luce, pero ¿cómo sabremos que luce si no nos alumbra? Y hay hombres que se lucen, como solemos decir. Y los que se lucen es con propia complacencia; se muestran para lucirse. ¿Se conoce a sí mismo el que se luce? Pocas veces. Pues como no se cuida de alumbrar a los demás, no se alumbra a sí mismo. Pero el que no sólo luce, sino que al lucir alumbra a los otros, se luce alumbrándose a sí mismo. Que nadie se conoce mejor a sí mismo que el que se cuida de conocer a los otros. Y puesto que conocer es amar acaso convendría variar el divino precepto y decir: ámate a ti mismo como amas a tu prójimo.

¿De qué te serviría ganar el mundo si perdieras tu alma? Bien, pero y ¿de qué te serviría ganar tu alma si perdieras el mundo? Pongamos en vez de mundo la comunión humana, la comunidad humana, o sea la comunidad común.

Y he aquí cómo la religión y la política se hacen uno en la novela de la vida actual. El reino de Dios —o como quería san Agustín la ciudad de Dios— es en cuanto ciudad política y en cuanto de Dios religión.

Y yo estoy aquí, en el destierro, a la puerta de España y como su ujier, no para lucir y lucirme sino para alumbrar y alumbrarme, para hacer nuestra novela, historia, la de nuestra España. Y al decir que estoy para alumbrarme, con este —me no quiero referirme, lector mío, a mi yo solamente, sino a tu yo, a nuestros yos. Que no es lo mismo nosotros que yos.

El desdichado Primo de Rivera cree lucirse, pero ¿se alumbra? En el sentido vulgar y metafórico sí, se alumbra, pero de todo tiene menos de alumbrado. Y ni alumbra a nadie. Es un fuego fatuo, una lucecita que no puede hacer sombra.

Hendaya de 1927.